별이 뜨지 않는 하늘은 없어

미셸 슈렝크 지음 | 박은결 옮김

알맹은 사일런스북 임프린트 브랜드로 자기계발/경영서/소설을 전문으로 출간합니다.

별이 뜨지 않는 하늘은 없어

지은이 | 미셸 슈렝크
옮긴이 | 박은결
펴낸이 | 박동성
내지 편집 | 박지선
표지 디자인 | 곽유미

펴낸 곳 | **사일런스북** / 16311 / 경기도 수원시 장안구 송정로 76번길 36
전화 | 070-4823-8399
팩스 | 031-248-8399
홈페이지 | www.silencebook.co.kr
출판등록 | 제2016-000084호 (2016.12.16)

2019년 5월 29일 초판 1쇄 발행
ISBN | 979-11-89437-08-4 03850
가격 | 12,000원

너무도 멋진 독자님들을 위해…

목차

프롤로그 ···· 1

별똥별 ···· 4

용기 ···· 23

집으로 갈 시간 ···· 33

오래전 ···· 39

여행의 시작 ···· 42

돌아온 나 ···· 53

뭘 더 기다려? ···· 64

다시 살아나다 ···· 76

깨어난 그리움 ···· 85

어떤 길이 맞는 걸까? ······ 112

추억을 위하여 ······ 126

푸른 밤 축제 ······ 146

이제 어디로? ······ 154

춤추는 별들 ······ 162

간절한 바람으로 가득한 밤 ······ 171

다시 한번만 ······ 183

예전의 삶을 떠나다 ······ 186

에필로그 ······ 197

자기 자신을 되찾기 위해선

모든 것을 잃어야 할 경우가 종종 있다.

프롤로그

내게 타임머신이 있다면. 아, 얼마나 좋을까.

왜 하필 지금 이런 생각을 하느냐고? 지금 이 순간, 내 인생의 마지막 10분을 되돌리는 것만큼 간절한 일은 없기 때문이다.

집에서 왜 그렇게 황급히 나왔을까? 왜 그 사진을 꼭 찍으려고 했을까?

안 그랬다면 어땠을까?

적어도 지금처럼 이렇게 길 위에 누워 있지는 않았겠지.

머릿속에서 꼬리에 꼬리를 무는 질문들. 뒤이어 따라온 찌르는 듯한 통증은 내 온몸을 휘감고, 뒤흔들고, 바닥으로 찍어 누른다. 고통이 내게서 숨 쉴 공기를 앗아가고, 자신이 얼마나 강한지, 또 나는 얼마나 약한지 똑똑히 알려준다.

모든 것이 너무나 갑작스럽게 벌어진 일이라 정확히 어떻게 된 영문인지도 잘 모르겠다. 몸이 허공을 가로질러 날아갈 때의 느낌, 처음에는 제대로 느낄 수조차 없었던 강력한 충돌. 얼굴이 축축한 바닥에 닿은 채 길바닥에 쓰러지고 나서야 어마어마한 통증이 내 숨을 앗

아갔고, 사정없이 내 가슴과 복부를 마구 누볐다. 곧이어 모든 신경세포 하나하나가 고통에 굴복했다.

그렇다고 여기에 마냥 누워 있을 수만은 없다. 이럴 때가 아니다. 저쪽을 먼저 확인해봐야 한다. 나는 조심스레 움직여보려 하지만 도저히 그럴 수가 없다.

주변에서는 낯선 목소리들이 들려온다. “저기요, 제 말 들리세요? 괜찮으세요? 빨리 구급차 좀 불러요, 여기 사람이 쓰러졌어요…”

누군가가 소리친다.

온 주변을 둘러싼 낯선 소음들.

“엠마! 엠마, 내 말 들려?” 이 목소리는 낯익다. 내가 아는 목소리, 수백 명 가운데에서도 바로 찾아낼 목소리.

야닉. 나의 야닉.

반응을 보이고 싶은데 그게 너무 어렵다.

“엠마, 정신 차려, 내 말 들려?”

내 볼을 감싼 그의 따뜻한 손이 통증을 잠시 밀어낸다. 하지만 그것도 잠시, 이내 강렬한 고통이 다시 찾아온다.

공포가 엄습해 심장을 파고든다. 난 죽게 될 거야. 하지만 하느님, 아직은 죽고 싶지 않아요!

일어나서 저쪽을 확인해야 한다. 내가 못하면 야닉이 해야 한다. 마지막으로 남은 힘을 쥐어짜서 몸을 세워보려 하지만 실패하고 만다. 끔찍하게 어지럽고, 춥다. 눈에서는 눈물이 흘러내린다. 눈물이 너무 뜨거워서 마치 두려움과 함께 나를 태워버릴 것만 같다.

우리는 이제 어떻게 될까? 만약 내가 죽고 없어지면? 그럼 둘은 어떻게 될까?

귓가에서 들려오는 슉슉거리는 소리에 정신을 잃을 것 같지만 힘겹게 저항해본다. 야닉의 손을 잡고 그의 목소리가 들린다는 표시를 하고 싶다. 그렇지만 힘이 없다. 간신히 눈만 살짝 뜬다.

거기 있다. 내가 열다섯 살 때부터 미치도록 사랑한 남자. 익숙한 파란 눈이 절망에 싸인 눈빛으로 나를 쳐다보고 있다. 그 파란빛을 보면 항상 넓은 하늘이 떠올랐다. 그 안의 밝은 점들은 별이었다.

그에게 하고 싶은 말이 아직 너무나 많다. 하지만 눈앞이 캄캄해진다. 아무것도 보이지 않고, 많은 생각과 감각이 뒤섞인 채 정신을 잃어가고 있다는 느낌만 남는다.

이제 남은 것은 어둠뿐.

별똥별

3년 후

베를린 중심부의 한 미술관. 아직 행사가 시작되기 전이라 밝은 조명이 실내에 가득하다. 오늘 저녁, 초대 손님들에게만 공개할 예정이라고 소개되었던 행사에 참석하기 위해 사람들이 빽빽하게 자리 잡았다.

조명이 서서히 어두워지자 공기 중에는 긴장감이 감돈다. 과연 우리 눈앞에 무엇이 펼쳐질지 궁금해진다.

이 행사에 올 수 있었던 건 절친한 친구 알렉스가 그의 사업파트너에게 입장권을 받아온 덕분이다. 알렉스는 법률 회사 소속 변호사다. 그는 행사 초대권을 자주 가져온다. 모두 기꺼이 함께 가고 싶을 만한, 특히 핑거푸드가 맛있는 행사들이다.

큰 귀가 돋보이는 남성이 앞으로 나와 마이크 위치를 바로잡는다. 그가 마이크를 세 번 톡톡 두드리고 미소 짓자 모두가 그를 주목한다. "여러분, 오늘 새롭게 선보이는 아트 시리즈의 개막을 축하하기 위해 이토록 많은 분께서 자리해주셔서 매우 기쁩니다. 오늘부로 이 공간은 관객 여러분들의 눈과 마음을 밝혀줄 겁니다. 직접 보고 느끼시지요. 그럼 즐거운 시간 보내시기 바랍니다." 인사를 끝낸 남자에게 열렬한 박수가 쏟아졌다.

갑자기 실내가 칠흑같이 어두워진다. 너무 어두워서 바로 눈앞에 있는 자신의 손조차 보이지 않을 정도다.

알렉스가 내 어깨 위를 쓰다듬으며 속삭인다. "기대되는걸." 그리고 바로 다음 순간 음악 소리가 들려온다. 듣자마자 짜릿한 흥분이 느껴지는 음악이다.

주변이 반짝반짝 빛나기 시작한다. 공간 곳곳에 전시된 예술작품, 그림, 조각품들이 마치 심장박동의 리듬을 따르듯 반복적으로 밝게 비친다. 이러한 연출을 위해 공간 이곳저곳에 크고 작은 램프들이 별처럼 흩뿌려진 듯 설치되어 있다.

별이라니. 기발한 아이디어다. 꼭 밤하늘을 실내로 가져온 것만 같다. 심지어 천장까지도 수많은 별 조명들로 수놓아져 있어 진짜 별이 빛나는 하늘 아래 서 있는 것 같은 착각을 불러일으킨다.

인상적인 장면에 취해 나는 잠시 내 주변을 둘러싼 공간에 푹 빠져든다.

앞으로 무엇이 나오든 이보다 더 아름다울 수는 없을 거라고 확신할 때쯤, 작은 별빛이 하나 반짝하더니 환하게 빛나는 꼬리와 함께 하늘을 가로질러 슉 하고 날아간다.

별똥별이다.

그 순간, 아주 잠깐 심장이 멈추고 머릿속에서는 여러 장면이 뒤섞여 소용돌이친다. 내가 오랜 시간 떨쳐내려고 노력해온 장면들, 그럼에도 나를 과거로 끌고 가 결국에는 하나의 또렷한 기억으로 수렴하는 그 장면들.

그리고 갑자기 그의 얼굴이 눈앞에 선명하게 나타난다.

야닉!

그의 헝클어진 암갈색 머리. 한눈에 야닉임을 알아볼 수 있는 파란 눈.

야닉의 손끝이 내 볼에 닿을 때의 촉감이 느껴진다. 뉘른베르크 구시가지 중심부에 놓인 작은 집, 둘만의 비밀공간인 지붕 끝자락 옥탑에 우리가 함께 앉아 있는 모습이 보인다. 아래로는 시가지가 내려다보이고, 위로는 하늘이 보이는 그곳.

입술의 짜릿한 감촉. 야닉과 키스했던 때가 떠오른다. 나의 첫 키스. 놀랍게도 바로 지금, 여기에서 그때의 기억들이 생생하게 되살아난다. 그 이후로 많은 시간이 흘렀고, 이제는 그에게서 멀리 떨어져 있으니 그저 옛 이야기처럼 느껴질 법도 한데, 그럼에도 그때 그 느낌은 지금 내 주변에서 쏟아지는 세찬 박수 소리만큼이나 생생하다. 나는 한 박자 늦게 천천히 박수 소리에 이끌려 현실로 돌아온다.

우리가 처음 입을 맞춘 이후로 12년이란 세월이 흘렀다. 내가 모든 것을 뒤로하고 베를린행 기차에 몸을 실은 지는 3년이 되었다.

3년이라니. 어떤 사람들에게는 그리 긴 시간이 아닐지 몰라도, 나에게는 어쩐지 영겁의 시간처럼 느껴진다.

"방금 봤어? 진짜 멋있었지?" 알렉스가 말을 걸어 내 회상을 방해한다. "꼭 진짜 별똥별 같지 않았어? 요즘 기술로는 못 해내는 게 없네."

무슨 생각을 하고 있었는지 들킨 듯한 기분도 잠시, 나는 이내 제 정신을 차리고 알렉스를 쳐다보며 미소 짓는다.

"그러게 말이야." 나는 그토록 오랜 시간이 흐른 뒤에도 또다시 나를 완전히 지배해버린 그 당시의 상황, 그때의 기분에 사로잡힌 채 그의 말에 답한다.

"너 괜찮아?"

나는 고개를 끄덕인다. "당연하지, 문제없어."

"너는 진짜 별똥별 본 적 있어?"

알렉스의 질문에 심장박동수가 다시 증가하기 시작하고, 나는 호흡을 가다듬으려 애써본다.

이 모든 게 미칠 노릇이다. 미친 하루다. 오늘 내게 일어났던 모든 일에 대해 생각한다. 온통 이상한 일투성이였다. 오늘 회사에서 하필 뉘른베르크 출신 남자를 만난 것부터가 이상했다.

뉘른베르크.

다음으로는 파란 자전거를 타고 지나가던, 그와 너무도 비슷하게 생긴 젊은 남자. 그리고 지금은 우리가 나눴던 첫 키스의 기억을 떠올리게 하는 이 조명, 별들까지….

왜 이렇게 갑자기 모든 것들이 그를 떠올리게 만드는 걸까?

"엠마?" 알렉스가 우려 섞인 미소를 지으며 내 대답을 기다리고 있다. 나는 서서히 현실로 돌아온다.

"아, 응, 있기는 한데 정말, 정말 오래전 일이야."

그러자 알렉스는 내 손을 지그시 잡고, 내 눈을 그윽하게 바라본다. "엠마." 그가 부드러운 목소리로 내 이름을 부른다. 순간, 내 안의 모든 것이 움츠러든다.

"언제 이야기하면 좋을지 몰라서 망설였는데, 지금 너에게 꼭 해야 할 말이 있어." 알렉스가 심호흡하는 것을 보며 나는 그가 무척이나 긴장하고 있다는 사실을 깨닫는다. 그런 알렉스의 모습에 조금 불안해진다. "그러니까, 우리는 정말 많은 시간을 함께 보내잖아. 그리고 넌 참 매력적인 여자야. 너와 같이 있으면 활기가 느껴져."

머릿속에서 수많은 생각이 오간다. 이 남자가 지금 뭐 하는 거지? 설마 지금 나한테 고백하려는 건가? 제발 아니길, 알렉스는 누구보다 나를 잘 이해해주는 나의 버팀목이자 친구인데. 같이 소파에서 편하게 뒹굴 수 있고, 만날 때 화장하지 않아도 되고, 부담 없이 기꺼이 시간을 보낼 수 있는 친구인데. 나와 알렉스는 그런 사이인데.

난 알렉스를 좋아하지만… 심지어 많이 좋아하지만, 우리 사이의 감정이 사랑이었던 적은 한 번도 없었다. 아닌가? 그래, 키스를 한 번 하긴 했지. 하지만 몇 주나 지난 일이고, 그 일에 관해 얘기를 꺼낸

적이 한 번도 없어서 나는 그걸로 정리된 줄 알았다. 알렉스는 아니었던 걸까?

내 심장은 더 크게 두근거리고, 어지러워지기 시작한다. 대체 나는 왜 이렇게까지 패닉에 빠지는 거지?

왜냐고? 왜냐하면 이 일이 우리 둘 사이의 모든 것을 망가뜨릴 수도 있기 때문이지.

"엠마 모르겐, 어쨌든 넌 정말 굉장한 여자야, 그리고 나는 너를…"

그 순간 갑자기 아주 가까운 곳에서 기차가 굉음을 내며 달리는 것처럼 머릿속이 윙윙거리고 귀는 먹먹해져 알렉스의 말이 들리지 않는다.

"알렉스, 나…"

쓰러질 것 같아,라는 말을 채 뱉기도 전에 눈앞은 이미 캄캄해지고, 주변을 둘러싼 어둠이 내가 하려던 말을 집어삼킨다.

* * *

"너무 재밌다!" 머리카락 사이로 스치는 바람을 즐기며 내가 소리친다.

"내가 말했잖아. 페가수스는 정말 멋진 녀석이라니까. 이름만큼이나 잘 나가는 자전거지."

야닉은 더 힘차게 자전거 페달을 밟고, 우리는 포석 위를 덜컹거리며 달리다가 방향을 꺾어 좁은 골목 안으로 들어간다. 나는 그의 옷자락을 세게 움켜쥐고 내게 주어진 자유를 만끽한다.

몇 미터 더 달리다가 야닉이 바람에 기울어진, 낡고 작은 집 앞에 멈춰 섰다.

"너도 참 웃겨", 내가 자전거에서 내리며 말한다. "누가 너처럼 자전거에 이름을 붙이니?"

야닉이 히죽거리며 말한다. "쉿, 그렇게 크게 말하지 마. 얘가 듣잖아."

야닉이 자전거를 세우는 동안, 나는 어둠에 잠긴 집의 정면을 훑는다.

"자, 어때?"

"와, 이 집 정말 낡았다. 그래도 아름다워."

야닉이 곁으로 다가와 내 손을 잡는다. "이쪽으로 와봐, 우리 들어가 보자."

나는 고개를 가로젓는다. "어떡하려고 그래. 여기 아무도 안 살아?"

"응, 이 집은 내가 기억하는 한 항상 빈집이었어. 누가 살았던 적이 있기나 했는지 모르겠다." 야닉이 나를 부추기는 듯한 시선으로 쳐다본다.

"그래도 들어가면 안 될 텐데."

"겁쟁이처럼 굴지 마, 엠마!"

"겁쟁이 아니야, 그렇지만…"

"그렇지만은 무슨. 이제 내가 하자는 대로 하는 거야."

야닉이 나를 판자로 막힌 창가로 끌어당기더니, 그중 몇 개를 엺으로 치우고 그 안으로 기어서 들어간다.

"빨리 들어와." 야닉이 재촉하며 내게 손을 내민다. 나는 두근거리는 가슴을 다잡고 결국 창틀을 넘어 집 안으로 들어간다.

잠시 뒤, 야닉이 딸깍하는 소리와 함께 손전등을 켜자 나는 그에게 꼭 매달린다. 살면서 한 번도 느껴본 적 없는 흥분으로 마음이 들뜬다.

"여기 왠지 모르게 좀 으스스하다." 내가 말한다.

"조금만 버티면 괜찮아질 거야. 충분히 그럴만한 가치가 있는 일이니까 날 믿어봐!"

심하게 삐걱거리는 계단을 통해 위층으로 올라가자 다락이 나온다. 거기서 몇 계단을 더 올라가니 지붕 밑에 작은 공간이 있다.

야닉이 거침없이 위로 올라간다. "너도 올라와." 야닉이 짓는 장난스러운 미소가 마법처럼 내 안에 기분 좋은 온기를 불어넣는다. 이럴 때면 그를 따르는 것 말고는 다른 방법은 없다.

위로 올라가자 눈을 의심하게 하는 광경이 펼쳐진다. "와, 이게 뭐야?" 지붕 밑의 아름다운 공간을 둘러보며 내가 묻는다.

"별 보는 창이야. 예전 사람들이 하늘을 보거나, 별똥별을 기다리곤 했던 공간이지."

"굉장해! 나도 나중에 이런 집에서 살았으면 좋겠다. 여기 엄청 어두운 것 좀 봐. 도시 한가운데서도 별이 이렇게 잘 보이다니."

"응. 기막히게 아름답지, 안 그래?"

나는 고개를 끄덕인다. 그리고 드디어 물어보고 싶어 입이 근질거리던 질문을 던진다. "오늘 밤에 혹시 볼 수 있을까?"

"별똥별 말하는 거야? 물론이지."

"정말? 나 별똥별 한 번도 본 적 없어." 내 말을 들은 야닉이 눈썹을 치켜세운다.

"정말? 단 한 번도?"

"응. 아, 천문관에서 본 적은 한 번 있어. 하지만 그건 진짜가 아니었으니까 예외야."

"그래. 참, 그거 알지? 별똥별 보면 소원을 비는 거야."

우리는 한동안 말없이 그곳에 앉아 밤하늘을 바라본다. 마치 누군가가 머리 위에 새까만 실로 짠 양탄자를 펼쳐놓은 듯한 광경이다. 나는 눈에 힘을 줘가며 별똥별을 찾기 위해 애쓴다. 물론 오늘 보기는 힘들겠지, 내가 그렇게 운이 좋을 리가 있나.

바로 그때. 정말 예상치 못한 순간에, 어딘가에서 불쑥 눈앞에 나타났다. 밤하늘의 어둠을 휙 스치며 가로지르는 짧은 꼬리.

온몸에 전율이 흐르고 기쁨이 벅차오른다. "별똥별이다, 야닉! 봤어?" 내가 흥분하며 하늘을 가리킨다.

그 순간 야닉이 내 손을 부드럽게 움켜쥐며 차분하게 답한다. "응, 봤어." 나는 온통 설렘으로 가득 차, 마치 격렬하게 춤을 추는 나비들에 둘러싸인 듯한 기분이다.

"믿기지가 않아." 나는 이루 말할 수 없는 행복감을 느끼며 속삭인다. 배 속은 뭉클하고 간지러운 느낌이 들고, 몸은 열기로 달아오른다.

이곳에 야닉과 함께 앉아 있다는 건 정말 기적처럼 아름다운 일이다.

그때 별똥별이 또 하나 지나간다. 맙소사. 이 사실을 있는 그대로 얘기하면 아무도 안 믿어주겠지.

"너 소원 빌었어?" 그때 야닉의 목소리가 내 귀 바로 옆에서 들려오고, 내 심장은 아주 짧은 찰나 동안 멈춰버린다.

소원이야 당연히 빌었지, 생각하며 야닉의 입술을 보는 순간, 그 소원이 곧 이루어질 수도 있겠다는 느낌이 들었다. 하지만 내가 먼저 다가갈 용기가 나지 않는다. 하지만, 그의 입술은 어떤 맛일지, 키스한다는 건 어떤 느낌일지 너무나 궁금하다.

"응, 너는?" 나는 당황하며 야닉의 눈으로 시선을 가져간다.

"나도."

"네 소원은 뭐야?" 내 질문에 야닉은 고개를 가로젓는다. 그저 날 바라보며 사랑스러운 미소만 지을 뿐.

"그건 얘기 못 해."

"아, 제발…"

"안 돼, 절대 안 알려줄 거야. 그래도 한 가지는 말해줄게, 이건 방금 전 빌었던 소원이랑 상관없이 내가 원하는 거니까. 난 너와 함께하고 싶어, 엠마. 그것도 영원히."

나는 놀란 눈으로 야닉을 쳐다본다. "야닉 리히터, 오늘 이게 두 번째 데이트고 우린 이제 막 열다섯 살이 됐는데, '영원히'라는 단어는 너무 거창하지 않니?"

그러자 야닉의 입술에 긴장이 풀린 듯한 미소가 감돈다. “알아, 하지만 확신할 수 있어.” 야닉이 몸을 뒤로 기대며 다시 하늘을 쳐다본다. 마치 방금 아무 일도 없었다는 듯, 좀 전에 세상에서 가장 아름다운 고백을 한 건 자신이 아니라는 듯, 아주 자연스럽게.

잠시 후 내가 야닉의 재킷 소매를 조심스럽게 잡아당기며 묻는다. “왜 나와 영원히 함께 있고 싶은데?”

야닉은 허리를 다시 곧추세우며 크고 파란 눈으로 나를 응시한다. 내 심장은 갈비뼈에 세차게 부딪히며 쿵쾅거리기 시작한다. 야닉에게도 들릴 수밖에 없을 정도로 큰 소리다. 장담하건대 야닉도 듣고 있을 것이다. 이렇게 크게 쿵쾅거리는 소리가 어떻게 안 들릴 수 있겠어?

야닉의 입술은 어느새 내가 호흡에 집중하기가 곤란할 정도로 위험한 거리까지 와 있다. 거기서 더 가까이 다가와, 이제 우리 사이의 거리는 불과 몇 센티미터밖에 되지 않는다. 야닉이 조심스럽게 나를 자기 쪽으로 끌어당기자 그의 심장박동이 느껴진다. 곧이어 야닉이 고개를 숙여 자신의 입술을 내 입술 위에 포갠다. 그리고는 아주 천천히, 부드럽게 내게 키스한다. 그가 입을 열어 자신의 혀로 내 혀를 쓰다듬을 때, 나는 크게 숨을 내쉰다. 뜨거운 물결이 내 몸 안에서 휘몰아치고, 나는 야닉의 입에서 딸기 껌 맛의 달콤함을 느낀다.

세상에. 내 첫 키스다, 난생처음 하는 키스.

귓가에는 무엇인가 스치는 듯한 소리가 들린다. 작은 날갯짓을 연상시키는 기분 좋은 소리다. 이토록 아름다운 느낌을 주는 것이 존재하리라고는 생각해본 적 없었다. 마음 같아서는 이 순간을 영원히 붙잡아두고 싶다.

이대로 끝내기엔 아쉬워 내가 야닉에게로 다가가 한 번 더 키스한다. 우리의 혀가 맞닿고 두 입술이 포개져 녹기 시작한다. 나는 그의 목덜미를 손으로 감쌌다가, 손가락으로 그의 머리카락 사이를 쓸어올린다.

영원처럼 느껴지던 그 순간이 지나고 서로가 서로를 놓아주었을 때, 내 정신은 혼미하고 심장은 이러다 뒤집어지는 게 아닐까 싶을 정도로 빠르게 뛰고 있다. 나는 천천히 눈을 뜬다.

야닉이 엄지손가락으로 내 볼을 쓰다듬는다. "우리 아까 무슨 이야기 하고 있었지?"

"네가 왜 나와 영원히 함께하고 싶은지 말해주려다 멈췄지. 내 말은, 어떻게 그렇게 확신할 수 있어?"

야닉이 미소 지으며 말한다. "아주 간단해, 별이 뜨지 않는 하늘은 없으니까."

***

"엠마? 내 말 들려?" 멀리서 들리긴 하지만, 어디선가 들어본 목소리다.

"엠마?" 그래, 내 친구 알렉스의 목소리다. 나의 친구 알렉스.

지금 내 볼을 부드럽게 톡톡 치는 것도 알렉스가 분명하다. 그런데 왜 깨우는 거지? 난 더 자고 싶은데.

"흠…" 이어서 말을 더 내뱉으려는데, 입은 바짝 말라 있고 혀는 무겁게 굳어서 잘 움직이지 않는다.

조심스럽게 눈을 떠보니 나를 둘러싼 사람들의 형체가 서서히 분명해진다. 모든 게 낯설다. 일단 이곳은 내 침실이 아니다. 별이 반짝이는 하늘이 보이고, 예쁜 조명들도 눈에 들어온다.

어떻게 된 일인지 파악하는 데까지는 몇 초가 더 걸린다. 나는 그제야 이곳이 어딘지 깨닫는다. 행사, 미술관, 별똥별, 과거의 기억, 알렉스가 할 뻔했던 고백, 배 속의 울렁거림.

"한 모금 마셔봐." 알렉스는 내가 일어나는 것을 거들며 물 한 잔을 건넨다. 나는 아직 멍한 얼굴로 그 잔을 받아든다.

시원한 물을 마시자 상태가 좀 나아지는 것 같아서 알렉스에게 잔을 돌려주기 전에 한 모금 더 들이킨다.

"그래도 구급차를 부르는 게 좋지 않겠어요?" 콧수염을 기른 뚱뚱한 남자가 묻는다.

뒤이어 마찬가지로 살집이 좀 있고, 초록색 튀는 옷을 입은 여자도 카랑카랑한 목소리로 거든다.

"방금 쓰러지는 걸 봤는데 영 상태가 안 좋은 것 같았어요."

나는 가능한 한 재빠르게 거절의 몸짓을 보인다. "감사합니다, 저 이제 괜찮아요. 잠깐 어지러웠을 뿐이에요."

"혹시 너무 부실하게 먹어서 그런 거 아니에요? 요즘 젊은이들은 그놈의 다이어트 열풍 때문에 거의 뭘 먹질 않잖아요." 뚱뚱한 남자가 이마를 문지르며 말한다.

이건 또 무슨 말씀이신지? 내가 날씬한 편이라고 해서 아무것도 안 먹는 건 아닌데. 그리고 저건 분명 내 엉덩이를 못 봐서 하는 소리다.

뭐, 마음대로 생각하라지. 지금은 모든 게 어찌 되든 아무 상관이 없다. 중요한 건 이 사람들이 구급차를 부르지 못하게 하는 거다. 고작 이런 일로 구급차에 실려 나간다니 생각만 해도 창피하다.

"일어날 수 있겠어? 서 있는 편이 혈액순환에 도움이 될 거야." 알렉스가 말하며 내게 손을 내민다.

그의 손을 잡고 다시 일어난다. 다리가 좀 후들거리긴 하지만 괜찮다.

이 미술관의 관장이자 알렉스의 고객이기도 한, 귀가 뾰족한 남자가 우리에게 다가와 묻는다. "괜찮으세요?" 그의 물음에 나는 고개를 끄덕인다.

"감사합니다. 네, 이제 괜찮아졌어요."

"엠마가 좀 피곤한가 봐요." 알렉스가 거든다.

"그래도 공연은 만족스럽게 보셨나요?" 남자가 손수건을 꺼내 이마를 쓱 문지르며 묻는다. 보아하니 행사에 대한 사람들의 반응이 긍정적인 것을 확인하고 내심 안도한 모양이다. "방금 보신 행사를 연출한 두 예술가는 요즘 전문가들 사이에서 굉장히 주목받고 있답니다. 비단 베를린에서만 그런 게 아니죠. 별을 형상화한 조명이 이들의 콘셉트인데, 점점 더 많은 인기를 끌고 있어요. 이들이 디자인한 조명과 가구를 못 구해서 난리랍니다."

"네, 정말 성공적인 행사였어요." 알렉스가 그의 말에 동조한다. 둘이 이야기를 이어나가는 동안 내 생각은 그곳을 벗어나 다른 곳으로 향한다. 야닉이 있던 그곳, 별을 보던 그 집으로. 지금 내 안의 모든 것이 뒤죽박죽이다.

방금은 뭐였지? 그저 친한 친구가 고백하려고 했다는 이유만으로 기절했던 건가?

알렉스가 나를 부축해주려고 슬며시 팔짱을 낀다. "엠마, 너 정말 너무 피곤해 보인다. 이제 그만 집으로 갈까?"

알렉스가 그 질문을 해줘서 정말 다행이다. 지금은 온통 집에 가고 싶은 마음뿐이기 때문이다. 이렇게 많은 사람들 한가운데서 쓰러지다니, 너무 창피하다. 그것도 고백하려는 남자를 앞에 두고.

알렉스와 차로 돌아와 좌석에 앉고 나니, 머릿속이 이런저런 생각으로 가득하다. 오늘 하루는 이상하다 못해 묘하기까지 했다. 내게 일어난 수많은 의문스러운 일들, 거의 고백받을 뻔했던 일과 내 몸이 이에 대해 즉각적으로 거부반응을 일으킨 것까지. 사랑한다는 고백, 따지고 보면 기뻐할 만한 일인데 말이다. 그건 모든 여자가 원하는 바 아닌가?

물론 알렉스는 멋진 사람이고, 우리는 그동안 많은 시간을 함께 즐겁게 보냈다. 난 그에게 정말 많이 의지하고 있다. 하지만 어디까지나 친구로서 그렇게 해 왔다. 그때 했던 그 키스만 빼면. 알렉스가 내게 고백해야겠다고 마음먹게 된 건 분명 그 키스 때문일 것이다.

난 알렉스가 좋다, 정말이다.

그럼 그에게 기회를 한 번 줘도 되지 않을까? 혹시 알렉스가 내 미래의 남자일지 누가 알겠어?

하지만 알렉스가 사랑에 빠진 눈으로 나를 바라보던 그 순간, 나는 내가 오랜 시간 동안 억누르려고 애써왔던 무언가가 어딘가에 아직 살아 있음을 느꼈다.

미래? 나는 미래가 날 어디로 이끌지, 심지어 내가 어떤 미래를 원하는지조차 잘 모르겠다. 한 가지 분명한 점은, 내 인생에 아직 명확하지 않은 부분이 너무나 많다는 사실이다. 그렇기에 내 마음속 깊은 곳에는 내가 남들처럼 쉽게 앞으로 나아가지 못하리라는 예감이 자리 잡고 있다.

그럼 이제는 좀 정리해야 하지 않을까? 내면의 목소리가 이렇게 묻지만, 나는 그 질문을 회피한다.

그 사이 알렉스의 차는 베를린 시내로 진입한다. 이제 몇 분 후면 내가 사는 곳에 도착할 것이다. 그는 이미 여러 번 내 집에서 자고 간 적이 있다. 원래 계획대로라면 오늘도 자고 갈 예정이었다. 하지만 오늘 저녁에 일어났던 모든 일을 감안하고도, 나는 알렉스가 자고 가길 진심으로 원하고 있는 걸까?

나는 내 손을, 정확히 말하자면 오른손 약지에 새겨진 자그마한 별 모양 문신을 바라본다. 지금은 어두워서 잘 보이지 않지만, 그 자리에 별이 새겨져 있다는 걸 안다. 거기에 있다.

"손가락에 있는 그 별, 어떤 의미야? 예전부터 계속 궁금했어." 알렉스가 내 손을 가리키며 묻는다.

나는 흠칫 놀라며 손사래 친다. "아, 이거. 그냥 어릴 때 저지른 실수 같은 거야. 아무것도 아냐."

내면 깊은 곳의 목소리가 이에 즉시 반응한다. 실수라고? 엠마, 말도 안 되는 소리 하지 마.

"그러고 보니 넌 예전 이야기를 별로 안 하는 것 같아."

"해줄 이야기도 별로 없어. 네가 알아야 할 건 이미 다 말했는걸."

알렉스는 알겠다는 듯 고개를 끄덕였지만, 내 말을 믿는 것 같지는 않다. 그럼에도 알렉스는 더 묻지 않는다.

우리는 잠시 후 지하주차장에 도착한다. 라디오에서는 노래가 흘러나오고, 알렉스는 시동을 끈 뒤에 미소 띤 얼굴로 나를 쳐다본다. 하지만 자신의 손가락을 가만두지 못하는 것으로 보아 긴장하고 있는 게 분명하다.

알렉스가 내 손을 잡으며 말한다. "사실 내가 상상했던 그림은 이게 아니었는데. 어쨌거나, 너에게 꼭 할 말이 있어. 중요한 말이야." 그가 다시 입을 떼고, 내 심장은 또다시 빠르게 요동치기 시작한다.

제발 하지 마!

"있잖아, 엠마…"

빨리 화제를 돌려야 한다. 뭐라도 좋다.

롤리팝. 지금 라디오에서 흘러나오고 있는 노래 덕분에 다행히 이야기 하나가 생각난다. 예전에 친하게 지내던 아멜리에와 어느 날 저녁 시간을 함께 보내고 있을 때의 일이다. 그때 우리는 우스꽝스러운 잡지 하나를 붙잡고 정독했는데, 이것저것 잡스러운 지식을 담아 놓은 책이었다.

"너 그거 아니, 막대사탕의 정 가운데에 도달하려면 팔백오십 번 빨아야 한다는 거?" 내가 서둘러 갖다 붙인다. 아, 창피해.

"뭐?"

"응, 정말이야. 정확히 팔백오십 번이래. 엄청나지 않니? 어디선가 읽은 적이 있어."

"그렇구나, 흠. 내가 보기엔, 너 진짜 빨리 침대에 눕는 게 좋겠다." 알렉스가 짧게 웃더니 자신의 이마를 문지른다. "못 말려. 어떻게 그런 생각을 해? 그런 정보는 대체 어디서 얻는 거야?"

"지금은 쓸데없다고 생각하겠지." 내가 반박한다. "그렇지만 네가 어느 날 〈백만장자의 주인공〉 같은 퀴즈쇼에 나가게 됐는데, 놀랍게도 그게 마지막 질문일지 누가 알아."

"알았어, 기억해둘게." 그가 나를 똑바로 응시하며 묻는다. "나 오늘 자고 가도 돼? 아니면 그냥 갈까?"

뭐라고 답할까? 알렉스가 좋기도 하고, 어쩐지 혼자 있기가 싫어 고개를 끄덕인다. "같이 들어가자."

그는 안도하는 듯한 기색으로 자동차 문을 연다. "좋아. 그럼 이제 자러 가자."

용기

"우리가 알고 지낸 지 얼마나 됐지?" 알브레히트 할아버지의 목소리가 나를 생각의 바다에서 끄집어낸다.

나는 당황스러운 미소를 지으며 내 이마에 붙은 머리카락을 떼어내고 답한다. "거의 3년이요."

"그렇지, 3년 전부터 알고 지냈지. 네가 나에게 글을 읽어주고, 나는 네게 내 인생 이야기를 들려주고. 처음 시작할 때는 우리 집이었고, 이제는 여기 요양원에서. 그래, 그렇지. 그런데 무슨 일 있니, 얘야? 무슨 생각을 그렇게 골똘히 하니?" 할아버지의 질문에 나는 잠깐 뒤로 기대앉는다.

알브레히트 할아버지는 여든아홉이고, 이 도시에서 내게 위안을 주는 사람 중 한 명이다. 그는 의사였고, 세계 곳곳을 여행한 경험이 있으며, 흥미진진한 이야기들을 많이 들려준다. 예전에 그는 내가 사는 곳 근처, 정확히 말하자면 바로 앞집에 살았는데, 우리는 공원에서 몇 번 마주친 이후로 가까운 사이가 됐다. 하루는 할아버지가 신문 기사를 소리 내어 읽어달라고 부탁한 적이 있는데, 그날 이후로 나는 정기적으로 신문이나 책을 읽어드리고 있다.

어쩌면 할아버지가 내게 말을 걸었던 건 그 당시 내가 혼자 공원 벤치에서 방황하는 것처럼 보였기 때문일지도 모르겠다. 시간이 흐른 지금 그때를 돌이켜보니, 분명 우리 둘 다 어떤 의미에서는 길을 잃었던 게 아닐까 하는 생각이 든다.

그러던 어느 날, 할아버지는 건강상태가 점점 더 나빠져 스스로 돌보기가 어려워지자 요양원에 가기로 마음먹었다.

"난 누구에게도 부담이 되고 싶지 않다." 할아버지는 그때 이렇게 말했었다. 그 이후로 나는 할아버지와 담소를 나누거나 함께 산책하고, 신문을 읽어주기 위해 요양원을 주기적으로 방문하게 되었다. 알브레히트 할아버지는 항상 혼자 살아왔고, 자신의 직업에 완전히 몰두하셨던 분이다.

할아버지의 눈빛은 여전히 나를 향하고 있다. 나는 결국 몸을 세우고 한숨을 내쉰다. "글쎄요. 지금 너무 생각이 많아서요." 내가 조용히 답한다.

"너 방금 그 남자 생각을 하고 있었지, 그렇지?" 할아버지가 단도직입적으로 묻는다. "야닉 말이야. 안 그러냐?"

꼼짝없이 들켜버린 기분이다. 나는 어쩔 수 없이 고개를 끄덕인다. "아주 잠깐이요."

알브레히트 할아버지는 야닉의 이야기를 알고 있는 유일한 사람이자, 내가 뉘른베르크를 떠나온 이유를 아는 사람이다. 하지만 할아버지에게도 모든 이야기를 털어놓기까지 1년 넘는 시간이 필요했었다.

언젠가 야닉 이야기를 나누게 되었을 때, 할아버지는 당신이 뉘른베르크에 있는 병원에서 근무한 적이 있었다고 말해주었다. 비록 기간은 짧았지만, 그래도 할아버지가 내 고향에 대해 알고 있다는 사실이 반가웠다.

이로써 우리에게는 또 한 가지 공통점이 생긴 셈이다. 우리 둘 다 과거에 뉘른베르크를 떠난 경험이 있다는 것.

할아버지가 나를 보며 미소 짓는다. "있잖니 엠마, 어쩌면 네가 그곳으로 다시 돌아갈 때가 되었는지도 모르겠다."

우리의 눈빛이 마주친다.

"그 사람 눈을 쳐다볼 용기가 나질 않아요. 그 용기가 언젠가 생기기는 할지, 그것도 잘 모르겠고요. 제가 야닉을 그렇게 실망시켰는데… 그 사람은 저를 보고 싶지 않을지도 모르잖아요."

"네가 돌아가서 그 일을 정리한다면, 야닉도 더없이 기뻐할 거라고 확신한다." 할아버지는 마른침을 한 번 삼킨다. 나는 그사이에 할아버지의 눈에 잠시 스쳤다 사라진 깊은 슬픔을 알아챘다. 누구에게도 털어놓은 적 없는, 자신만의 비밀을 홀로 간직하고 있는 듯한 그런 슬픔이다. "언젠가는 네가 용기를 내길 바란다. 그녀도 그랬다면 좋았을 텐데…." 할아버지의 말문이 막힌다.

그녀? 당황한 눈빛으로 할아버지를 쳐다보지만, 할아버지는 내 눈을 피하며 이렇게 말한다. “엠마, 용기를 내렴. 어서 그곳으로 돌아가. 그리고 더는 뒤돌아보지 마.”

나는 빠르게 할아버지의 손을 잡는다. “아니요, 항상 뒤돌아볼 거예요. 할아버지를 보러 오겠어요. 할아버지가 계셔서 얼마나 기쁜지 몰라요. 저를 정말 많이 도와주시고, 제 말에 귀 기울여주셨잖아요.”

알브레히트 할아버지가 씩 미소 짓는다. “아 엠마, 나는 그저 삶의 끝을 향해 가고 있는, 늙고 어리석은 사람일 뿐이야.”

“그런 말도 안 되는 말씀은 하지 마세요. 그런 말이 어디 있어요. 할아버지는 더 많이, 오래오래 사실 거예요.”

“여기서 더 나이를 먹으라고? 세상에, 누가 그러고 싶다니?” 할아버지의 목에서 짧은 웃음이 새어 나온다. 그는 이내 다시 진지한 눈빛으로 말한다. “그래도 내가 쓸모 있었다는 사실을 알게 되어 좋구나. 그 말을 들으니 기쁘다, 얘야.”

알브레히트 할아버지의 눈이 너무도 푸르러서, 젊은 시절 그가 얼마나 많은 여자를 사로잡았을지 짐작이 가고도 남을 정도다. 할아버지의 눈은 야닉을 연상케 한다. 게다가 장난기 가득한 할아버지의 미소는 늘 얼굴의 모든 주름을 덮어버린다. 웃을 때면 나이를 잊을 만큼 젊어 보인다.

“참, 알렉스와 함께했던 저녁은 어땠어?” 할아버지의 질문을 듣고 나는 어제 일에 관해 이야기하기로 마음먹는다. 특히 알렉스가 고백하려던 것과 고백이 현실이 되기 바로 전에 사람들 한가운데에서 기절한 일에 대해서.

내 이야기가 끝나자 할아버지는 나를 진지한 눈빛으로 쳐다보며 말했다. "그 알렉스라는 청년은 널 좋아해, 내가 이미 여러 번 얘기했듯이. 그는 너에게 빠졌어. 하지만 너의 마음은 여전히 다른 사람을 향해 달려가고 있지. 그건 너도 내면 깊은 곳에서 알고 있는 사실이잖니. 이로써 아까 하던 이야기로 다시 돌아왔구나, 얘야."

나는 깊은숨을 내쉰다.

"그러고 보니 내가 제일 좋아하는 작가인 허먼 멜빌 소설의 한 구절이 생각나는구나. **인생이란 집으로 향하는 여행이다**. 언젠가는 이 구절이 생각날 거야."

"나의 집이라, 그게 어디일까요." 내가 속삭이자 할아버지는 힘을 더 꽉 주어 내 손을 잡는다.

"마음 깊숙한 곳을 들여다보면 누구든 자신의 집이 어디인지 알게 되지. 돌아가는 길을 찾을 수 있느냐, 혹은 그 길을 갈 만한 용기를 낼 수 있느냐가 문제일 뿐이야. 결국엔 그게 핵심이거든." 이내 할아버지가 생각에 잠긴 듯 책을 가볍게 건드린다. "그럼 엠마, 이왕 그 현명한 이야기꾼에 대한 이야기가 나와서 말인데, 《모비 딕》을 이어서 읽어줄 수 있겠니? 내가 잠들 때까지 조금만 더 말이다. 오늘 무척 피곤하구나."

"그럼요, 좋아요." 나는 책에서 지난번에 읽다가 멈춘 부분을 펼치며 말한다. "알브레히트 할아버지, 할아버지가 정말 좋아요." 내 입에서 갑자기 튀어나온 말에 할아버지의 얼굴에는 부드러운 미소가 번진다. 할아버지는 눈을 감고, 나는 책을 낭독하기 시작한다.

어느 순간 할아버지의 숨소리가 얕아지면서 잠들기 직전의 상태가 된다. 나는 책을 조용히 덮은 뒤 탁상 위에 올려두고는 할아버지를 향해 몸을 숙여 이마에 부드럽고 가볍게 입을 맞춘다.

할아버지가 눈꺼풀 사이로 눈을 가늘게 뜬다. "내일도 같은 시간?" 그가 가라앉은 목소리로 묻고, 나는 미소 짓는다.

"물론이죠. 내일 봬요."

막 문밖으로 나가려던 참에 할아버지의 목소리가 들린다. "엠마?"

"네?" 나는 다시 할아버지 쪽으로 몸을 돌렸다.

"이제 네 집으로 돌아갈 시간이야. 더 오래 기다리지 마. 어느 순간이 되면 너무 늦어버려서, 그때 그랬으면 어땠을까 하고 가벼운 질문을 던지는 것조차 괴로워질 거야. 그땐 그 질문의 답을 찾고 싶어도, 그럴 만한 겨를이 없을 거란다."

할아버지가 하는 말이 너무도 가슴에 와닿아서 흠칫한다.

"잘 가렴, 얘야." 할아버지가 속삭이듯 인사한다. 갑자기 모든 것이 이별의 한 순간처럼 느껴진다.

"안녕히 주무세요, 할아버지. 내일 보는 거예요?"

"그래, 내일 보자."

할아버지와 대화를 마친 후에 방을 나오면서 야릇한 기분이 든다. 뭐라 표현할 수 없는 그 묘한 느낌을 떨쳐내기가 힘들다.

* * *

"오늘 하루는 어땠어?" 함께 저녁을 먹으려고 들른 레스토랑에서 알렉스가 묻는다.

"좋았어. 사무실에서는 해야 할 일이 많았어. 그다음에는 알브레히트 할아버지를 찾아가 책을 읽어드렸지." 요양원을 다녀온 이후로 계속 머릿속을 맴돌던 알브레히트 할아버지의 말이 다시금 떠오른다. 하지만 알렉스에게 그 이야기를 털어놓는 대신 그에게 묻는다. "넌 어땠어?"

"우리 회사가 한 건 해냈어." 알렉스가 매우 뿌듯해하며 말한다.

"힐베르트 건? 축하해! 잘 돼서 정말 기쁘다. 좀 이따가 건배하자!"

마치 우리의 얘기를 듣기라도 한 것처럼 웨이터가 우리 테이블로 다가온다. 알렉스는 자기가 마실 화이트와인과 내가 즐겨 마시는 숄레*, 그리고 오늘의 파스타 두 접시를 주문한다.

웨이터가 음료를 가져오자, 그가 잔을 들어 올린다. "아름다운 저녁을 위하여."

"너와 네 성공을 위하여." 우리의 잔이 부딪친다.

한동안 담소를 나누던 끝에 알렉스가 갑자기 묻는다. "그런데 어젯밤에 보니까 너 계속 뒤척이던데. 정말 괜찮은 거야?"

와인잔을 돌리고 있던 내 손이 가볍게 떨리기 시작한다. "이유는

---

* 와인에 탄산수를 섞은 음료

모르겠지만, 밤새 혼란스러운 꿈을 계속 꿨어." 나는 서둘러 주제를 바꿔보려 한다. "하지만 중요한 내용은 아니었어. 아마도 졸도했던 것 때문에 그런 꿈들을 꾸었나 봐."

"그럴 수도 있지." 알렉스가 생각에 잠긴 채 이야기한다. "심지어 잠결에 노래까지 부르더라. 그런데 아멜리에는 누구야? 아는 사람이야?"

이럴 수가. 나는 흠칫 놀라 알렉스를 쳐다보면서도 평정심을 잃지 않으려 애쓴다. "음, 아니, 그러니까, 응… 예전에 알던 사람인데, 오래전 일이야."

"그 사람뿐만 아니라 청년 활동이랑 사진 경시대회에 대해서도 뭐라 뭐라 중얼거렸어. 내가 제대로 알아들은 거라면 이런 내용이었을걸. '그래, 아멜리에. 사진 꼭 제출할게.'" 그가 웃음을 터뜨린다. "꿈이란 건 참 재밌어, 안 그래?"

이제 내 심장은 너무 빠르게 뛰고 있다. "응, 맞아. 꿈은 사람을 혼란스럽게 만들기도 하지. 진지하게 생각할 건 없어." 나는 재빨리 와인잔을 들어 음료를 한 모금 마신다. 망할 무의식 같으니라고!

그가 히죽 웃는다. "너와 사진이라니. 넌 사진 찍는 걸 늘 극도로 꺼리잖아."

"그러게 말이야. 사진은 나랑 안 맞아."

"나도 알지. 네 사진을 찍는 건 거의 기적에 가까운 일이지. 사진 얘기가 나와서 말인데, 이거 봐봐. 신문에 어제저녁에 열렸던 행사 사진이 실렸어.”

알렉스가 가방에서 신문을 꺼내 나에게 건넨다. **별이 빛나는 밤하늘 아래, 잊을 수 없는 저녁**이라는 제목의 기사였다. 아름다운 별 조명의 사진을 가만히 보고 있자니 맥박이 다시 빠르게 뛰기 시작한다. 내 시선은 사진에 고정된다.

그때, 웨이터가 다가와 김이 모락모락 나는 파스타 두 접시를 우리 앞에 내려놓는다.

“맛있게 드십시오.” 웨이터가 말한다. “방금 전까지 서빙하던 웨이터는 교대 시간이 지나 제가 이어받게 되었습니다. 제 이름은 야닉이고요, 필요한 게 있으시면 언제든 말씀하십시오.”

가슴이 철렁한다.

야닉. 별. 간밤의 꿈. 이 모든 게 점점 큰 압박처럼 느껴진다. 순간 알브레히트 할아버지가 했던 말이 또렷이 떠오른다. **집으로 갈 시간**.

멍하니 있는데 갑자기 알렉스의 손길이 느껴졌다. 나는 흠칫 놀라 정신을 차린다.

“너 정말 괜찮아? 너무 혼란스러워 보여.”

“응, 괜찮아. 걱정하지 마.” 나는 애써 여유로운 척 웃어 보인다. 하지만 밀려드는 옛 생각에 짓밟힐 것 같은 압박감은 지울 수가 없다.

다행스럽게도 알렉스는 눈치채지 못했는지 자신이 맡은 사건에 관해 이야기하기 시작한다. 나는 안도의 숨을 내쉰다. 침착하게 알렉스의 이야기를 듣고 있자니 어느 순간 정말 괜찮아진 것 같은 느낌이

든다. 나는 다시 평온해진 기분으로 알렉스가 쏟아내는 많은 이야기에 집중한다. 그러다 보니 자리에서 일어날 때쯤 시계는 이미 9시 반을 가리키고 있었다.

"나 내일은 일찍 나가봐야 해서, 오늘 밤에는 내 집에서 자는 게 좋을 것 같아." 알렉스가 나를 집 앞까지 바래다주고는 말한다. "그래도 내일 저녁에는 같이 즐거운 시간을 보낼 수 있겠지."

"그래, 그러자." 나는 까치발을 들고 알렉스의 볼에 가볍게 입을 맞춘다.

"넌 정말 놀라워, 엠마." 알렉스가 내 눈을 깊게 바라보며 말했다. "괜찮다면… 내일은 너와 꼭 하고 싶은 이야기가 있어."

내 안에서 다시금 묘한 불편감이 느껴지기 시작한다. "좋아, 그럼 내일 봐."

"그래." 알렉스가 내 볼을 살짝 쓰다듬고, 우리는 각자의 집으로 향한다.

집으로 갈 시간

그날 밤, 나는 또다시 몸을 뒤척이며 엉켜 있는 길과 빛, 그리고 별에 대한 이상한 꿈을 꾼다. 그러다 어느 순간 땀에 흠뻑 젖어 벌떡 일어난다. 머릿속에서는 여전히 알브레히트 할아버지의 말이 맴도는 채로.

목요일은 오후에만 출근하는 날이라 다행이다. 출근하기 전에 할아버지를 잠깐 뵈러 가야겠다. 알브레히트 할아버지를 만나러 갈 생각을 하니 혼란스러웠던 마음에 기쁨이 차오른다. 오늘 가면 전에 나눴던 이야기를 마저 해봐야지.

요양원에 도착하니 부드러운 햇살이 내리쬐고 있다. 그런데 평소라면 익숙하고 편안한 느낌을 주던 이곳이 오늘따라 왠지 묘하게 낯설다. 나는 이상한 기분에 휩싸인 채 할아버지의 방문에 노크하고 살며시 손잡이를 돌린다.

그런데 할아버지의 침대가 비어 있다. 할아버지가 보이지 않는다.

"알브레히트 할아버지?" 나는 대답을 듣지 못할 것을 알면서도 적막을 깨고 할아버지를 불러본다. 대체 어찌 된 일일까? 깔끔하게 정돈된 침대와 잘 개켜져 침대 위에 놓인 할아버지의 세탁물을 물끄러미 바라본다. 어디 가신 거지?

어쩌면 치료를 받고 계실지도 모른다. 간호사를 찾으러 가기 위해 몸을 돌린 그 순간, 어느새 방에 들어와 있는 간호사와 눈이 마주친다. 그녀의 눈빛이 모든 것을 말해주고 있다. 속이 메스꺼워진다. 내가 두려워하던 최악의 일이 결국 일어난 것일까.

"안녕하세요." 간호사가 내게 인사를 건넨다. 나는 그녀의 목소리에 묻어 있는 슬픔을 읽는다.

제발 아니길. 아니야, 제발!

나는 헛기침을 하며 목을 가다듬고 간호사와 눈을 맞춘다. "알브레히트 할아버지 안 계세요? 책 좀 읽어드리려고 왔는데." 미소 지으며 얘기하려고 했지만 목소리가 갈라지고 만다. 서늘한 기분이 들고, 몸에는 소름이 돋는다.

간호사가 고개를 가로젓는다. 내뱉지 않은 질문에 대한 침묵의 대답.

이어 두려움은 현실이 되고 만다.

"슬픈 소식 전하게 돼서 유감이에요. 알브레히트 할아버지께서는 간밤에 돌아가셨어요. 갑자기 심장이 멈추셨어요."

간호사의 말이 내 안에 소용돌이를 일으킨다. 도저히 믿기지 않아 가쁜 숨을 들이쉰다. 언젠가는 이런 날이 오리라고 생각하긴 했지만, 그게 지금이라니. 갑자기 주변의 모든 것이 희뿌옇게 변해서 몸을 지탱할 곳을 찾아 창틀을 붙잡는다. 알브레히트 할아버지가 돌아가셨다. 너무도 애통해서 정신을 차릴 수가 없다. 눈물이 차오른다.

벌써 할아버지가 그립고, 그저… 그가 여기 있었으면 좋겠다. 지금 내가 무슨 생각을 하는지, 어떤 부담감에 시달리고 있는지, 할아버지에게 털어놓을 수 있었으면 좋겠다. 하지만 그럴 수 없다. 싸늘한 한기가 나를 사로잡는다. 내겐 익숙한 한기, 견딜 수 없다는 걸 이미 알고 있기에 더 두려운 그 차가움.

할아버지는 죽음이 두렵지 않다는 말씀을 종종 하셨다. 우리는 이 주제에 대해 몇 번 이야기 나눈 적이 있다. 그때 나눈 대화가 위로가 될 법도 한데, 지금은 아무 소용이 없다.

시간이 멈춘 듯하고, 말은커녕 숨조차 제대로 쉴 수가 없다.

집으로. 갑자기 머릿속에 할아버지의 말이 떠오르면서 타는 듯한 통증이 가슴에 깊은 구멍을 남긴다.

집으로. 할아버지는 이제 집으로 가신 걸까?

"할아버지께서 어제 대신 전해달라고 하신 게 있어요." 간호사가 말하며 가운 주머니에서 무언가를 꺼낸다.

난 마치 최면에 걸린 것처럼 멍하게 떨리는 손으로 물건을 받아든다. 할아버지의 책이다. 《모비 딕》. 눈에는 눈물이 가득 고여 있지만, 책의 표지를 쓸어내리며 입가에는 미소가 떠오른다. 하지만 그것도 잠시, 이내 울음이 터져 나와 흐느끼고 만다.

"감사합니다. 저에게는 큰 의미가 있는 귀중한 물건이에요." 겨우 겨우 말을 내뱉으며 책을 가슴에 꼭 끌어안는다. 마치 알브레히트 할아버지를 마지막으로 껴안는 것처럼.

"저, 잠시만 여기 혼자 있다가 가도 될까요?" 내가 묻자 간호사는 고개를 끄덕인다. "그럼요. 원하는 만큼 충분히 시간 보내다 가세요."

간호사가 떠나고, 나는 할아버지의 침대 옆으로 다가가 내가 거의 매일 머물던 의자 위에 앉는다. 이제 더는 할아버지가 안 계시는데, 내가 여기 머물러야 할 이유가 있을까?

집으로. 그 말이 머릿속에서 울리는 것을 느끼면서 두근거리는 가슴으로 할아버지가 남긴 책을 펼친다. 손가락으로 페이지들을 미끄러지듯 쓸어 넘긴다.

"집으로. 진짜 집으로 돌아갈 시간이 된 걸까요, 할아버지?" 고요 속에서 내가 묻는다. 그때 페이지 틈에서 무언가가 집힌다.

나는 몸을 움츠리며 집힌 물체를 살펴본다. 이게 뭐지?

흥분한 마음으로 책 사이에서 봉투를 꺼내 한참을 물끄러미 쳐다본다. 편지다. 봉투 겉면에는 휘어진 필체로 **엠마에게**라고 적혀 있다. 한참이 지나고 나서야 나는 마음을 굳게 먹고 봉투를 열어 본다.

엠마에게,

먼저 그동안 나와 함께 시간을 보내줘서 고맙다는 말을 하고 싶구나. 그리고 이 편지에서만큼은 내가 먼저 용기를 내보마. 내가 용기를 내면 너도 역시 용기를 낼 수 있을지도 모르잖니. 나는 너에게 비밀 한 가지를 털어놓으려고 한단다. 지금까지 아무에게도 말한 적 없지만, 너만큼은 이 일에 대해 알아야 할 것 같구나.

내가 한평생 혼자였던 것은 아니란다. 온 마음을 다해 사랑했던 여인이 있었지. 나를 충만하게 했던, 믿을 수 없이 아름다운 사랑이었단다. 우리는 원래 함께 살고, 가족을 이루고 싶었어. 그리고 실제로 그렇게 하려고 했지. 하지만 운명이 우리 계획을 산산조각내고 말았단다. 사실 나는 그녀가 나와 함께하고 싶어 한다고 확신했어. 그런데도 내 인생에서 다시 올지 모르는 그 사랑을 포기해버렸지.

그 이후에 많은 경험을 하고, 다른 여인들과도 만나봤지만 내가 사랑했던 건 그때 떠나보낸 그 여인뿐이었단다. 편지에 동봉한 사진은 내가 항상 몸에 지니고 다니던 거란다. 이건 단순히 그냥 사진이 아니야. 행복이 가득했던 순간과 과거에 묻어둔 커다란 사랑, 그리고 지금과는 달랐을지도 모르는 내 미래가 담긴 사진이지. 엠마야, 이 사진은 말이다, 내게는 모든 것이자 그 이상이야. 나는 이 사진을 보면서 내 삶이, 모든 순간이, 그리고 사랑이 얼마나 소중한 것인지 깨달을 수 있었단다.

물론 너에게 쉽지 않은 일이라는 것을 안다. 너희에게 일어난 그 일은 정말 끔찍했을 테지. 하지만 한 가지만 부탁하마. 눈을 감고 5년 후의 너를 떠올려 봐. 뭐가 보이니? 네가 해야 할 일을 해야만 하는 그 순간이 분명 찾아올 거야. 그 순간이 오면, 꼭 너의 마음을 따라가려무나.

인생이란 게 쉽지가 않지. 하늘이 무너지는 경험을 하게 되기도 하고, 끊임없이 사건이 생기고, 결정을 내려야 하고, 질문으로 가득 차 있지. 하지만 그게 좋은 거야. 그 순간순간이 모여 우리 인생이 되는 것이거든. 모든 순간을 소중히 여기렴, 엠마야. 그것들이 네 하늘에서 빛나는 별들이란다.

나는 진심으로 네가 집으로 돌아가는 길을 찾길, 그리고 네가 행복하길 바란다. 용기를 갖고, 이제 더는 주저하지 말렴.

사랑을 담아,

알브레히트

복받치는 흐느낌을 참아내며 나는 할아버지가 남긴 사진을 물끄러미 바라본다. 정확히 말하자면 가운데를 찢은 흔적이 남은 반쪽짜리 사진이다. 사진에는 한 젊은 여성이, 알브레히트 할아버지가 그토록 사랑하고 잊은 적이 없다던 그 여인의 모습이 담겨 있다.

할아버지는 내게 용기를 내라고 말씀하신다. 이제 때가 된 걸까?

나는 눈을 감는다. 5년 후의 내 모습은 어떨까? 하지만 아무리 애를 써도, 아무것도 보이지 않는다. 그런데 내 안의 무엇인가가, 어떤 느낌이, 나의 길을 찾을 방법은 단 한 가지뿐이라고 속삭인다.

"집으로." 내가 속삭인다. 나는 일어나서 책을 주머니에 넣은 뒤, 다시 뒤돌아보지 않고 그 길로 곧장 방을 나선다.

할아버지가 내게 남겼던 말씀 그대로.

오래전

1955년 5월, 뉘른베르크

마리 린첸베르크가 약국에서 나와 봄 내음 가득한 구도심에 들어서자 그녀의 심장이 두근거리기 시작한다. 길 건너 맞은편에 그 남자가 서 있었기 때문이다. 에이브. 그녀의 에이브다. 멋지게 잘 빠진 양복 차림에, 머리에는 모자를 썼다.

"그래서, 원하는 건 다 찾았어, 자기?" 그가 속삭이며 마리를 끌어당겨 껴안고 부드럽게 키스한다. 에이브는 품에 안은 이 여인을 사랑한다. 둘이 열다섯 살이었을 때부터 지금까지 쭉… 마리 역시 그를 사랑한다.

마리는 그가 눈치채지 못하게 그를 관찰한다. 그가 이렇게 가까이 있을 때면 늘 설렘으로 배 속이 몽글몽글해지는 듯한 기분이 든다.

"응, 다 찾았어." 마리가 볼록 튀어나온 자신의 배를 쓰다듬으며 답한다. 그녀의 볼이 발그레해진다. 더 행복할 수 없을 정도로 흡족한 얼굴이다.

“그럼 내가 준비한 선물을 볼 준비 됐어?” 에이브가 말하며 미소 짓는다. 마리를 미치게 하는, 그녀의 마음을 따뜻하게 만드는 그 미소. 이 세상 그 무엇에도 비교할 수 없는 그의 미소.

“날 위해 준비했다는 선물이 뭔데?” 기쁨과 조바심이 뒤섞인 목소리로 마리가 묻는다.

에이브는 윙크하며 답한다. “자, 자. 일단 인내심을 가지고 따라와 봐, 그럼 곧 알게 될 거야.”

에이브는 그녀의 손을 잡고, 뉘른베르크 구도심을 가로질러, 길지 않은 구간을 함께 걷는다. 조금 지나자 보수가 좀 필요해 보이기는 해도 특별한 매력을 풍기는, 예쁜 목조 주택이 나온다. 둘은 그 앞에 멈춰 선다. 마리는 초조한 듯 입술을 깨문다.

“네가 예전에, 우리가 여기에서 사는 모습을 그림으로 그렸던 거 기억나?” 그가 묻는다.

마리가 열심히 고개를 끄덕인다.

“그러니까… 내가 이 집을 샀어. 너와 네 배 속에 있는 우리의 조그만 별을 위해서. 물론 나를 위해서이기도 하고.” 그가 웃으며 마지막 말을 덧붙인다.

“네가 뭘 했다고? 이 집을 샀다고?” 마리는 잔뜩 흥분한 목소리로 소리친다. 마치 발끝까지 열기가 뻗친 것처럼 열렬하게 반응한다.

에이브가 웃는다. 그는 마리의 모든 면을 사랑하지만 그중에서도 이런 열정적인 모습과 활기를 특히 사랑한다. 자신의 인생에 마리 외에 다른 여인은 없다고 확신하게 된 것도 이런 면 때문이었다. 에이브는 어느 누구도 아닌, 오직 마리와 평생을 함께하고 싶었다. 그녀는 그를 행복하게 해줄 것이고, 이미 그렇게 해주고 있다. 그녀의 심장 아래쪽에서 자라고 있는 아이는 그 사랑을 더욱 키워줄 것이다. 그리고 그는 항상 바라왔듯이 커다란 가족을 이루게 될 것이다.

"아직도 믿기지가 않아. 정말 이 집을 샀어?" 그녀가 다시 한번 외치자 길을 지나가던 사람들이 호기심 어린 눈빛으로 그들을 쳐다본다. 하지만 그런 건 어떻든 상관없다.

"그래, 정말이야. 내가 우리를 위해 샀어!"

이를 증명해 보이기 위해 그는 재킷 주머니에서 열쇠를 꺼내 자물쇠에 꽂는다. 그녀는 기뻐하며 키득거린다. 딸깍 소리와 함께 문이 열리고, 둘은 집 안으로 들어간다.

"우리 영국에서 돌아오면, 여기서 살자. 우리 셋. 아니면 넷, 아니면 다섯…" 그녀가 입을 맞추는 바람에 그는 더 이상 말을 잇지 못한다.

그때 그 순간만큼 에이브가 사랑스러워 보인 적은 없었다. 그가 둘을 위해 이 집을 샀다. 별이 보이는 창이 딸린 이 집… 꿈에 그리던 바로 이 집을…. 그들은 함께 행복으로 가득 찬 미래를 그려보았다.

그러나 달콤한 꿈도 잠시, 모든 것이 뒤바뀌고 만다.

여행의 시작

"지금 어디라고? 뉘른베르크행 기차? 뉘른베르크면 바이에른주 어디 있는 작은 도시 아니야?"

"정확히 말하자면 프랑켄 지방이야."

핸드폰 너머로 알렉스가 깊은 한숨을 내쉬는 소리가 들린다. "그래, 그런데 거기서 뭐 하려고?"

나는 내 안의 모든 용기를 끌어모았다. 그에게 사실을 말해야 할 시간이 다가왔기 때문이다. 다른 방법은 없다.

요양원을 나서던 순간, 나는 불현듯 내가 해야 할 일이 무엇인지 깨달았다. 그때 내 머릿속에서는 오로지 알브레히트 할아버지가 남기신 말씀만 맴돌았다. 별안간 모든 것이 분명해졌다. 그래, 방법은 하나뿐이야. 무거운 마음의 짐을 내려놓고 미래로 나아가려면, 마지막으로 한번은 과거의 상자를 열어야 해.

나는 마치 누군가가 나를 조종하는 것처럼 집으로 마구 달려가 곧장 침실로 들어가서 여행 가방을 챙겼다. 꼭 3년 전 그날처럼.

하지만 이번에는 되돌아가는 방향이다.

"알렉스, 네가 나를 친구 이상으로 생각하고 있다는 거 알아. 하지만 우리 관계를 어떻게 할지, 앞으로 우리가 함께할지 의논하기 전에 뉘른베르크에 가서 정리할 게 있어."

"엠마…" 알렉스는 한꺼번에 너무 많은 정보를 듣는 바람에 이 상황에 압도된 것 같았다. 내가 워낙 갑작스럽게 말을 쏟아냈으니 그럴 만도 했다. "무슨 말을 해야 할지 잘 모르겠다. 가서 뭘 정리한다는 거야? 중요한 일처럼 들리는데."

"응, 중요한 거야."

"내가 걱정할 만한 일이야?"

"아니야, 그럴 필요 없어." 최대한 부드럽게 말하고자 애쓴다. "하지만 나에게는 무척 중요한 일이야. 그곳에 살고 있는 사람에게 뭔가 해명해야 할 것이 있어. 그 빚을 갚기 전에는 우리 둘 사이에 대해 생각해볼 수 없을 것 같아. 이해해줄 수 있겠어?"

"와, 이건 이렇게 한꺼번에 듣기에는 너무 복잡한 이야기 같은데."

"알아, 하지만 난 그 사람과 반드시 얘기를 나눠야 해. 그러지 않으면 내가 어떻게 해야 할지 알 수 없거든."

"알겠어. 갑작스럽긴 하지만 중요한 건 네가 지금 솔직하게 털어놓고 있다는 거니까." 알렉스가 답한 뒤 잠시 정적이 흐른다. 내가 갑자기 뱉어낸 말들로 받은 충격에서 회복하려면 아무래도 시간이 필요할 것이다. 짧은 침묵이 흐른 뒤, 알렉스가 조금 거칠어진 목소리로 이야기를 이어간다. "그게 무슨 일이든 조심해야 해. 알았지? 정리할 게 있으면 정리하고, 혹시라도 내가 필요한 순간이 오면, 내가 항상 네 뒤에 있다는 사실을 기억해. 네가 찾고자 하는 것을 꼭 찾고, 잘 정리하길 바라."

정리라. 그게 말처럼 쉽다면 얼마나 좋을까. 그렇게 생각하면서도 차마 이야기하진 못한다. 그 대신 이렇게 답한다. "나도 그러길 바라."

"난 이제 힐베르트 건 때문에 가봐야 해. 뉘른베르크에 도착하면 나한테 연락 줘, 알겠지?"

"물론이지, 그렇게 할게."

"아, 그리고 엠마?"

"응?"

"나…" 무언가가 마음에 걸린 듯했지만 그는 다른 말로 대신한다. "보고 싶다. 몸조심하고, 이따가 통화해."

통화가 끝난 뒤 나는 좌석 등받이에 등을 기대고 앉아 깊은숨을 쉰다. 알렉스에게 이 이야기를 하는 건 중요한 일이었고, 사실 이미 오래전에 했어야 했다. 이것이 옳은 방법이고 이렇게 해야 공정한 것이다. 이제 알렉스도 나에게 누군가가 있다는 사실과 그와 정리해야 할 것이 있다는 사실을 안다.

내가 정말 되돌아가고 있다는 사실이 아직도 믿기지 않는다. 하지만 나는 실제로 뉘른베르크행 기차에 앉아 있고, 3년 만에 처음 고향으로 돌아가고 있다. 내가 세상에서 가장 행복한 사람이었다가, 나중에는 가장 불행한 사람이 되고 만 그곳, 다시는 돌아오지 않으려 마음먹었던 그곳으로.

그곳에 가면 정말 예전의 삶을 다시 찾을 수 있을까? 예전의 나를? 정말 그렇게 되길 원하는 걸까?

마음을 좀 차분히 가라앉히기 위해 창밖을 바라본다. 바깥 풍경이 나를 빠르게 스쳐 지나간다. 나무와 덤불, 푸른 잔디, 띄엄띄엄 몇 채의 집들. 지금 내 머릿속에 수많은 생각이 스치듯, 그렇게 빠르게.

알브레히트 할아버지의 말씀이 옳았다. 지금 당장은 너무도 불안하지만, 언젠가는 가야만 했다. 야닉이 그립다. 내 눈앞에서 미소 짓는 그의 모습, 빛나는 그의 파란 눈이 보인다. 그리고 예전에 둘도 없이 친했던 친구 아밀리에를 떠올린다. 그때 뉘른베르크를 떠나면서 나는 아밀리에와도 멀어졌다.

그뿐만이 아니다. 나는 야닉뿐만 아니라 모두와의 관계를 놓고 떠나버렸다. 나에게는 그때 놔버린 관계를 매듭지을 의무가 있다. 그중에서도 특히 야닉과의 관계를. 알렉스를 위해서도 중요한 일이다. 끝이 없이는 새로운 시작도 없는 거니까.

거기까지 생각하니 자연스레 마음이 무거워지면서 중압감이 느껴졌다.

기분을 전환해보려고 페이스북 프로필을 열어 새로운 소식들을 클릭한다.

야닉은 페이스북 계정이 없다. 적어도 그 당시에는 그랬다. 그는 페이스북 자체를 별로 좋아하지 않았다.

그 사이 계정을 만들었을까? 지금까지는 확인해본 적이 없었다. 아멜리에의 친구들 목록에서도 그를 찾아보지 않았다. 내가 떠날 당시에 내 결정을 받아들였던 아밀리에와는 드물게나마 연락을 하긴 했지만, 그녀와도 역시 지난 몇 년간 페이스북에서 '좋아요'를 누르거나 일반적인 댓글을 남기는 것 이상의 교류는 없었다.

게다가 나는 게시물을 올리는 일이 거의 없고, 페이스북에 자주 접속하지도 않는다. 알렉스 역시 페이스북 계정을 만드는 것 자체가 얼마나 멍청한 일인지 종종 이야기했었다. 그 점에서는 알렉스와 야닉의 의견이 일치하는 것 같다. 개인정보보호 규정이 엉망진창이라나. 알렉스는 페이스북 이야기를 할 때마다 변호사 본능을 주체하지 못했다.

하지만 내 생각이 틀렸다면? 야닉을 페이스북에서 찾을 수 있다면? 그가 등록되어 있는지 확인해볼까? 그냥 재미 삼아 한번 찾아볼까?

마침내 용기 내어 야닉 리히터를 검색창에 입력하고 검색 버튼을 누른다. 달리는 기차 안이라 인터넷 신호가 잘 잡히지는 않지만, 잠시 기다리니 검색 결과가 나온다. 프로필 사진상으로는 야닉이 없는 것 같다.

어쩌면 아밀리에를 통해 찾는 게 나으려나? 아멜리에의 프로필을 클릭하니, 이내 그녀가 웃고 있는 사진이 뜬다. 초등학교 때 처음 만나 청소년기를 함께 보낸, 어두운 빛깔의 곱슬머리를 가진 나의 친구, 아멜리에 첸나. 열세 살 때 처음으로 담배를 같이 피웠을 때도 그녀와 함께였다. 그 이후 엄청난 구토 증상에 시달렸던 기억은 절대 잊지 못할 것이다. 내가 야닉과 처음 만났을 때, 짙은 암갈색 눈으로 무언가 계략을 꾸미는 듯한 표정을 짓고 능글맞게 웃던 것도 그녀였다. 우리는 백스트리트 보이즈의 노래 〈퀴 플레잉 게임즈〉를 수백 번 같이 듣고, 같이 불렀고, 함께 클럽을 휩쓸었으며, DVD를 같이 보며 가장 재미있는 저녁 시간을 함께 보냈다. 옛 기억들이 떠오르자 마음은 여전히 무거워도 입가에는 미소가 번진다. 그녀가 수영하는 모습과 파티에서 찍힌 프로필 사진들을 바라본다.

이어서 그녀의 친구목록으로 손가락을 가져가 ㅇㅑㄴ이라는 글자를 검색창에 천천히 입력한다.

둘이 아직도 연락하고 지낼까? 틀림없이 그럴 것이다. 그렇게 하지 않을 이유가 뭐 있겠어? 그때 내가 떠나버려서, 내가 모든 것을 그곳에 남겨두고 와서, 심지어 내 가장 친한 친구까지 버리고 와서?

어두운 생각들은 서둘러 제쳐두고 검색 결과를 훑는다.

야나 그린스

얀 치어라인

야니나 치텔

야-니-ㄱ

야닉. 야닉이다!

그런데 그의 이름 옆 프로필 사진에는 야닉의 모습이 아니라 아주 조그마한 별 사진이 있을 뿐이다. 정확히 말하자면 별 모양의 문신 사진이다. 내게는 매우 익숙한 별 모양. 나는 내 약지를 내려다본다. 그곳에는 사진 속과 같은 모양의 문신이 새겨져 있다.

배 속이 몽글몽글한 기분, 그 속에서 나비가 날아다니는 듯한 느낌이 들기 시작한다. 더운 동시에 춥고, 갑자기 한꺼번에 휘몰아치는 여러 가지 느낌에 사로잡힌다.

흥분한 마음으로 그의 프로필을 클릭하고 별 모양 문신 사진을 확대해서 살펴본다. 프로필 배경으로도 일출 사진만이 걸려 있을 뿐이다. 게다가 게시판에는 아무 내용도 올라와 있지 않다. 어쩌면 게시물들이 있지만 내가 보지 못하는 것일 수도 있다. 페이지가 비공개로 설정되어 있을 수도 있으니까.

그럼에도 나는 이 페이지의 주인이 야닉이라고 확신한다.

야닉도 결국 페이스북 계정을 만들었구나. 하지만 왜 그랬을까? 항상 그렇게 반대하더니.

야닉도 나를 찾으려던 걸까?

무슨 생각을 하는 거야, 엠마. 또 지나친 망상을 하고 있잖아. 내면의 목소리가 경고를 날린다.

머릿속에서 수십 마리의 딱정벌레가 여기저기 기어 다니는 것 같은 기분이 든다. 아무래도 안 되겠다. 이 모든 게 나를 지나치게 흥분시킨다. 결국 나는 페이스북 페이지를 닫고, 대신 다른 생각에 몰두하려고 노력한다. 하지만 안타깝게도 잘 되지 않는다.

애써 깊숙한 내면의 소리에 귀를 기울여본다. 그 소리는 돌아가겠다는 내 결정이 옳았다고 말하고 있다.

한숨을 쉬며 뒤로 기대앉아 최대한 편한 자세를 잡고 눈을 감는다. 뉘른베르크에 도착하려면 아직 네 시간을 더 가야 한다. 지금 이 순간 최고의 선택은 아마도 잠을 자는 거겠지.

기차의 부드러운 덜컹거림이 나를 차분하게 해준다. 그 느낌을 받아들이자 숨소리가 차분해지면서 이내 깊은 꿈속으로 빠져든다.

* * *

"너 저 아이가 마음에 드는 거지?" 아멜리에가 내 귀에서 이어폰을 잡아 빼고는 이렇게 물었다.

백스트리트 보이즈의 〈퀸 플레잉 게임즈〉를 막 듣던 참이었는데, 갑자기 노랫소리 대신 아멜리에의 목소리가 들려오는 바람에 깜짝 놀라 몸을 움츠린다.

"뭐? 무슨 말이야?"

겉으로는 시치미를 떼면서도 속마음을 들킨 것 같은 기분에 머리끝까지 확 달아오른다.

"저기 저 버스정류장에 서 있는 어두운 밤색 머리 남자애 말이야."

"무슨 헛소리야! 전혀 아닌데!"

"거짓말하고 있네. 딱 네 스타일인데." 아멜리에가 내 옆구리를 찌른다. "봐! 머리 스타일만 봐도 그래. 갈색 머리에…"

오늘도 뉘른베르크 시내는 평소와 다름없이 북적이고, 양옆에는 돌을 촘촘히 박아 넣은 중세시대 마찻길이 있다. 그 위로 수많은 사람이 잰걸음으로 지나간다. 몇몇 사람은 초조하게 시계를 쳐다보고, 어떤 사람들은 아이들 손을 쥐고 울퉁불퉁한 돌바닥 위를 걷고 있다. 어디를 보든, 다들 분주한 모습이다.

하지만 그 남학생만은 정거장에 차분하게 서서 그 뒤의 낡은 건물을 가만히 응시하고 있다. 마치 자신의 손으로 똑같은 건물을 짓기라도 하려는 듯, 벽돌 하나하나를 뜯어보고 있는 것 같은 눈빛이다.

"너 그거 알지, 거짓말하면 코가 길어지고, 이마에는 여드름이 나고, 또…"

"그래 알았어. 뭐, 귀엽게 생기기는 했네."

입 밖으로 나와버린다. 이걸 어떡하지? 에라 모르겠다, 어차피 친한 친구 사이에 비밀은 없는 법이다. 우리는 늘 서로의 머릿속을 훤하게 들여다볼 수 있었다. 서로 생각의 문을 열 수 있는 열쇠를 갖고 있는 게 아닐까 싶을 정도였으니까.

"그럴 줄 알았어!" 아멜리에가 키득거리며 내게 특유의 눈짓을 보낸다. 내 속마음을 읽어냈다고 확신할 때면 항상 보이는 몸짓이다. "정말 꽤 괜찮게 생겼는걸."

내가 이미 그를 몇 번 본 적 있다는 사실은 일단 비밀로 해둔다. 내가 종종 어떤 상상을 했었는지도 들키면 안 된다. 그의 팔에 안기는 기분이 어떨지, 그와 키스하는 기분은 어떨지, 그의 입술이 내 입술에…

"여기서 꿈꾸시면 안 되는데요!" 아멜리에가 힘 있게 내 셔츠를 잡아당긴다. "너 뭔가 엄청난 파장을 일으킬 사진을 찍으러 가겠다고 하지 않았니?"

"맞아, 하지만…"

말문이 막히고 만다. 그에게 다가가는 저 여자아이는 누구지? 예쁘게 생겼다. 머리가 참 길다. 그에 비하면 내 머리는 어깨에 겨우 닿을 뿐이다. 내 머리도 저렇게 길고 예뻤으면 좋겠다.

"대회에 출품할 사진은 언제까지 보내야 하는 거야? 어쨌거나 여기서 이렇게 계속 시간만 보내면 그것도 물 건너간다, 친구야. 이렇게 주의가 산만해서야 원. 전문 사진작가가 되시겠다면서요?"

"뭐라고?"

"정말이지, 엠마. 내 말은 하나도 안 듣고 있구나! 내가 건너가서 이름이라도 한번 물어봐?"

그 말에 나는 곧장 다시 현실로 돌아온다. "안 돼! 그러지 마!"

"그럼 이제 가. 안 그래도 너한테 이 얘기하려고 했는데, 로니가 널 좋아해."

"로니?"

"응, 금요일에 다 같이 청년 활동하는 곳에 가려고 하는데. 너도 부모님 허락받을 수 있니?”

“엄마, 아빠한테 한번 물어볼게. 제발 짜증나게 안 했으면 좋겠다, 특히 엄마.” 나는 엄마 이야기를 하며 못 말린다는 눈짓을 한다. 엄마는 내 미래가 학교생활을 얼마나 성실하게 하는지에 달려 있다며, 학교를 열심히 다녀야 한다고 계속 잔소리한다. 가끔은 더 듣고 있을 수가 없을 정도다.

아멜리에가 속셈이 있는 듯 피식 웃어 보인다. “같이 공부한다고 말씀드리면 되지.”

“좋은 생각이다.” 나도 미소 지어 보이며 이어폰을 다시 귀에 꽂는다. 마지막으로 소년을 한 번 더 쳐다보며 CD의 7번 트랙을 재생한다.

돌아온 나

“잠시 바람 좀 쐐야겠어.”

나는 벌떡 일어나 서둘러 문 쪽으로 간다. 우리 지역의 청년 활동은 주로 이 성당 옥탑 방에서 이뤄진다.

“정말 내가 같이 안 가줘도 괜찮겠어?” 아멜리에가 내 등 뒤에 대고 묻는다.

나는 잠시 멈춰 서서 그녀를 돌아본다. 아멜리에는 그녀가 좋아하는 율리안과의 대화에 푹 빠져 있었다. 그런 상황에서 훼방꾼이 되고 싶지는 않다.

그래서 바로 거절한다. “응, 괜찮아. 곧 다시 올 거야.”

그리고는 나선형 계단을 서둘러 내려간다. 밑으로 내려와서 심호흡하며, 온화한 8월의 공기가 폐를 가득 채우는 기분을 충분히 만끽한다.

몇몇 여자아이들이 비틀거리며 내 옆을 지나간다. 그들 중 한 명은 방금까지 나와 같은 테이블에 앉아 그 이상한 게임을 하던 금발의 여자아이이다.

"너, 여기 있었구나!" 그녀가 나를 부른다. "로니가 널 찾는 것 같던데."

내가 알고 있다는 듯 고개를 끄덕인다. 그것 때문에 도망친 거잖아. 이 말은 속으로만 생각하고 뱉지는 않는다.

분명 로니 그라츠는 나를 좋아하지만, 그렇다고 나도 그를 좋아하는 것은 아니다. 그래서 지금 이 아래에 숨어 있는 것이다.

잘하는 짓이다, 정말! 애초에 여기는 왜 따라와서 이 고생이람. 집에 가고 싶은 마음뿐이다.

"응, 알려줘서 고마워." 나는 이렇게만 답한다. 하지만 그녀는 이미 콜라병을 손에 들고 신나게 시시덕거리는 남자아이들이 서 있는 문 쪽으로 가느라 내 말은 듣는 둥 마는 둥 사라진다. 탑 위의 방에서는 음악과 웃음소리가 섞여서 웅웅거리며 밑으로 퍼져 내려온다.

계단참에서 로니의 목소리도 들려온다. "엠마 밑으로 내려갔어?"

순간 숨이 턱 막혀온다. 내가 왜 이러지?

나는 고양이를 두려워하는 생쥐처럼, 쏜살같이 모퉁이의 어둠 속으로 몸을 숨긴다. 잠깐 숨어서 숨 좀 돌리자. 여기에 있으면 로니가 절대 못 찾을 거야.

그곳에서 막 안정을 찾으려는 찰나, 나는 돌부리에 걸려 앞으로 넘어진다. 코가 막 바닥에 닿으려는 그 순간, 코가 깨지는 느낌 대신 따뜻하고 힘 있는 무언가가 나를 지탱하는 것이 느껴진다. 무언가가 나를 붙잡고 있다. 정확히 이야기하자면, 누군가가 나를 붙잡고 있다.

나는 놀란 눈으로 위를 쳐다본다. 그리고 한눈에 그를 알아본다. 지하철역과 버스정류장에서 몇 번 마주친 적 있는 그 남학생.

그의 파란 눈은 어둠 속에서도 알아볼 수 있다. 그의 따뜻한 체온과 비누 향, 그리고 그와 더불어 여름의 냄새가 느껴진다.

그가 나를 보고 미소 짓자 마치 1,000 볼트의 전류가 흐르는 것처럼 감각이 아득히 멀어진다. 잠시 후에야 제정신으로 돌아온 나는 무언가에 사로잡힌 것처럼 한 발자국 물러난다.

"엠마? 너 어디 있니?" 하필 그때 로니의 목소리가 다시 들려온다. 젠장! 나는 소년의 입술에 내 집게손가락을 갖다 댄다.

내가 지금 뭘 하는 거지?

소년은 의아한 눈빛으로 나를 쳐다본다.

"쉿." 나는 그가 나를 이해해주기만을 바라면서 속삭인다.

몇 분이 흐르고, 드디어 고요해진다. 로니는 분명 다시 위로 올라갔을 것이다.

"도망치고 있는 거야?" 소년이 나에게 속삭인다.

나는 당황해서 헛기침하며 흘러내린 머리카락을 귀 뒤로 쓸어 올린다. "미안해. 내가 완전히 미쳤다고 생각하겠지만, 내 생각에는 아까 걔가 나랑 어디론가 가고 싶어 하는 것 같아서… 그리고…"

"그리고?" 그의 눈빛 때문에 배 속이 또다시 간지러워지기 시작한다.

"그리고 나는…"

"그리고 너는 그게 싫은 거고?" 내가 말을 잇지 못하자 그가 대신 덧붙인다.

“응, 아니… 그러니까, 응.”

“괜찮아, 네가 어디 있는지 다른 사람들에게 말하지 않을게.” 그가 미소 지으며 벽에 등을 기댄다. “우리 서로 본 적 있지. 너 항상 2호선 타잖아.”

그도 내 존재를 이미 알고 있었구나. 갑자기 양 볼이 무척 뜨거워진다.

“응, 아마도.” 나는 일부러 무심한 척 대답한다. 어느 학교에 다니는지 막 물어보려던 찰나, 아멜리에가 모퉁이에서 나타난다.

“엠마! 너 여기 있었구나! 내가 너를 얼마나 찾아다녔는데.” 아멜리에가 눈을 크게 뜨며 우리 둘을 쳐다본다. “너 괜찮은 거야?”

나는 바로 고개를 끄덕인다. “응. 괜찮아, 잠깐 좀 있었어. 금방 다시 올라갈게.”

나는 잠시만이라도 더 이 소년과 단둘이 있고 싶다. 아멜리에의 눈짓으로 보아, 그녀도 내 마음을 눈치챈 것 같다. “좋아, 하지만 시간이 별로 없어. 지금 거의 9시 반인데, 우리 10시까지는 집에 가야 해.”

“네 이름은 엠마구나?” 아멜리에가 가고 난 뒤, 소년이 나에게 묻는다.

“응, 그런데 이제 가봐야겠다. 미안해.”

그가 벽에서 등을 떼고 내 쪽으로 한 발짝 다가온다. “내일 여기로 다시 올래?”

내 심장이 믿을 수 없을 정도로 거칠게 요동친다. “너 내일 여기 있을 거야?"

"응, 너도 온다면. 3시 어때?"

"알았어."

"좋아, 참고로 내 이름은 야닉이야."

"그래, 좋아. 내일 봐." 나는 더듬거리며 그에게 인사한 뒤, 모퉁이를 돌아 아멜리에가 나를 기다리고 있는 곳으로 향한다.

아멜리에가 눈썹을 치켜 올리며 히죽히죽 웃는다. "엠마 모르겐, 방금 걔는 버스정류장에서 봤던 그 남자아이잖아. 무슨 일이 있었는지 알아야겠어. 하나도 빠짐없이, 있는 그대로 털어놔 봐."

내 배 속은 그때까지도 계속 간지러운 느낌으로 가득했다.

* * *

"손님, 일어나십시오. 역에 거의 도착했습니다!"

눈을 끔뻑거리자 친절하게 미소 짓고 있는 젊은 안내원이 눈에 들어온다. 설마 오는 내내 잤나?

"뉘른베르크에서 내릴 예정이시면, 곧 정차할 예정이오니 준비해 주시기 바랍니다."

나는 아직 몽롱한 상태에서 주위를 둘러보다가 안내원에게 고개를 끄덕여 보인다. "알려주셔서 감사합니다."

"뭘요." 그녀가 대답하고 지나간다. 그 짧은 순간에도 그녀의 별 모양 귀걸이가 눈에 띈다.

별. 이 모든 게 정말 우연일까.

이제 드디어 도착했다. 내가 정말 이 도시로 다시 돌아오다니. 믿을 수가 없다.

창문 밖으로는 회색빛 공장들이 지나쳐 간다. 뉘른베르크가 처음이라면 기차역 주변의 이런 풍경 때문에 도시가 삭막하다고 생각할 것이다. 하지만 나는 이 도시의 진짜 분위기가 어떠한지, 음울하고 황량한 겉모습 뒤에 어떤 아름다움이 숨겨져 있는지 잘 알고 있다.

기차가 서서히 역 안으로 들어가고, 나는 자리에서 일어나 선반 위에 놓인 내 여행 가방을 끌어 내린다. 설렘과 흥분으로 배 속 깊은 곳에서부터 떨려온다. 떨림이 너무 심해서 이러다 토하는 게 아닐까 걱정될 지경이다.

결국 다시 왔구나.

3년이란 시간이 흘렀다.

뉘른베르크, 나의 도시.

기차역은 활기찬 분위기로 가득하고, 공기 중에는 기억 속에 남아 있는 향기와 예상치 못한 일들이 닥칠 것 같은 느낌이 섞여 있다. 내가 정말 이곳으로 돌아왔다는 사실을 믿을 수 없다. 내 안에서는 흥분과 두려움, 기쁨이 뭉쳐서 점점 커지고 있다.

7번 플랫폼은 3년 전이나 지금이나 달라진 게 없다. 그때와 똑같은 철제 벤치와 쓰레기통이 보인다. 그 가운데 광고판만 바뀐 모습.

당연한 일이다.

사실 바뀐 것이 또 하나 있다. 그때 나는 어마어마한 슬픔에 빠져 도망치던 길이었지만 지금 나는 내 두려움과 맞서고자 한다는 것이다. 이제 나는 내 과거와 맞설 것이다.

3년 전, 나는 여행 가방 하나만 들고 바로 이 플랫폼에서 뉘른베르크를 떠났다. 그리고 지금은 그때 그 여행 가방을 들고 다시 이 자리에 서 있다. 다만, 지금 들고 있는 이 짐이 그때보다 훨씬 무겁다.

혼잡한 인파 사이로 겨우 길을 만들며 앞으로 나아가 에스컬레이터를 타고 밑으로 내려간다. 여기서부터는 넓은 기차역 로비 끝까지 이어진, 잘 닦여 있는 긴 도로를 따라가기만 하면 된다.

기억 속의 장소로 다시 돌아왔다. 안내소와 상점들, 커다랗고 둥근 유리천장, 이 모든 것이 익숙하면서도 너무나 멀게 느껴진다.

긴장된 마음으로 상의를 잡아당겨 옷매무새를 가다듬고, 어떤 길로 갈지 생각에 잠긴다. 고민 끝에 직진하여 도심 방향, 즉 반호프슈트라세 쪽으로 가기로 한다. 그쪽에는 미술관과 버거킹이 있고, 내가 종종 흥에 겨운 파티로 밤을 지새웠던 문화공간인 쿨투어파브릭 바로 옆에 이비스 호텔이 있다.

나는 일단 그곳에서 3일 동안 묵을 방 하나를 예약한다. 그리고 방으로 올라가 큰 침대 위에 누워 앞으로 어떻게 하는 것이 가장 좋을지 생각해본다.

그래, 기차 타고 여기까지 오는 거야 간단했지, 그런데 이제 뭘 어떡하려고? 무작정 야닉의 집으로 가서 초인종이라도 누르게? 그가 어디 사는지조차 모르잖아. 어쩌면 지금 뉘른베르크에 없을지도 몰라.

만약 그가 뉘른베르크에 있다고 하더라도, 날 만나고 싶어 하지 않으면 어떡하지?

이 생각은 잠시 밀어두기로 한다. 어쩌면 먼저 아멜리에와 이야기하는 것이 훨씬 쉬울지도 모르겠다. 하지만 그녀가 어떻게 반응할지 상상해보니, 이 방법도 확신이 서지 않는다.

갑자기 불쑥 나타나는 것도 쉽지 않구나. 엠마, 네 계획은 허점이 참 많다.

그래도 시도는 해봐야겠기에, 가방을 뒤적여 핸드폰을 꺼내 들고 떨리는 손으로 아멜리에의 번호를 누른다.

그때 우리 사이가 멀어진 건 싸웠기 때문이 아니었다. 그 이후에도 종종 무슨 일이 있을 때는 서로에게 소식을 전하기도 했다. 물론 아멜리에도 내가 떠나기로 마음먹었을 때 기뻐하진 않았지만, 그럼에도 순순히 내 결정을 받아들여 주었다. 하긴, 그것 말고 그녀가 할 수 있는 게 뭐가 있었겠어?

야닉조차도 그때 나를 붙잡지 못했는데, 어느 누가 나를 말릴 수 있었겠어?

심호흡하자.

잃을 게 뭐가 있어?

없다. 이미 오래전에 모든 것을 잃어버렸기에 이젠 더 잃을 게 없다.

나는 잠시 핸드폰 화면을 뚫어지게 바라본다. 그리고 그냥 저지른다. 나는 용감하게 통화버튼을 누른다.

어쩌면 받지 않을 수도 있잖아.

"여보세요?" 갑자기 핸드폰 너머에서 아멜리에의 목소리가 들려온다.

"아, 응, 여보세요… 아멜리에? 아멜리에 맞니?" 내 심장이 미친 듯이 뛰기 시작한다.

"맞는데요, 누구시죠?"

목을 가다듬고 심호흡을 해보지만 두근거리는 심장은 좀처럼 가라앉을 줄을 모른다. "나 엠마야. 갑자기 이렇게 연락해서 미안해, 그런데…"

"엠마 모르겐? 진짜? 엠마라고?"

"응, 나야." 내가 속삭인다.

정적이 흐른다. 바로 끊어버리면 안 되는데.

"아멜리에, 너 아직 거기 있니?" 몇 초 후에 내가 머뭇거리며 말을 건다.

"응, 아 미안해. 난 그저… 그러니까, 네가 연락해서 깜짝 놀랐어."

"그래, 나도 알아. 갑작스럽겠지. 그런데…"

"아니야, 연락해줘서 좋아. 어떻게 지내?" 아멜리에의 목소리가 한결 부드러워지고, 말투도 너무나 친근해져서 떨리던 가슴이 서서히 진정된다.

"잘 지내지. 너는?"

"나도 잘 지내. 별일 없이 잘살고 있어." 그녀가 조용히 웃는다. "무슨 일로 전화한 거야?"

"그러니까, 내가… 음, 너 혹시 지금 시간 있니?"

"통화할 시간 있냐고? 응, 어차피 지금 막 집에 가려던 참이야. 목요일은 항상 일찍 끝나거든."

그것참 기가 막힌 우연이다.

"아니, 통화할 시간 말고. 너랑 좀 만났으면 좋겠어."

"만나자고? 어떻게…"

"그러니까, 사실은 말이야. 나 지금 뉘른베르크에 왔는데 너랑 만나고 싶어."

"뭐라고? 네가 뉘른베르크에? 말도 안 돼! 당연히 만나고 싶지! 그럼 우리 집으로 지금 와."

"진짜? 그럴 수 있으면 좋지, 그렇게 할게."

일이 이렇게 순조롭게 풀릴 거라고는 생각하지 못했다. 아멜리에가 나를 이토록 편하게 대해줘서 이루 말할 수 없이 기쁘다.

"좋아, 그러면 주소 불러줄 테니까 받아 적어. 프롬만슈트라세 8번지. 기차역에서 전차를 타도 되고, 성 방향으로 걸어와도 돼. 여기 길 아직 안 잊어버렸지? 부르크슈트라세를 따라 쭉 올라오기만 하면 돼. 부르크블릭 카페랑 같은 거리에 있어."

"응, 어디인지 알아." 내가 대답하며 아멜리에가 불러준 대로 쪽지 위에 적는다.

"좋아, 그럼 곧 보자. 너무 설렌다!"

아멜리에와의 통화를 끊고 나서도 믿어지지 않는다. 내가 진짜 뉘른베르크에 와 있다니. 여행이 시작되는 것이다. 과거로의 여행.

기분 좋은 따스함이 배 속 깊은 곳에서 온몸으로 퍼진다. 이곳에서 보낼 며칠 동안 무슨 일들이 벌어질지 모르기에 아직은 두려운 마음이 완전히 가시지는 않았지만, 입가에 번지는 작은 미소만큼은 감출 수가 없다.

뭘 더 기다려?

도시를 가로질러 아멜리에에게 가는 동안, 마치 내 몸의 일부가 이 도시에 계속 남아 있었던 것 같은 기분이 들었다. 아직도 이곳 지리를 잊지 않았다는 사실과 주변 환경이 너무도 익숙하다는 사실 때문인 듯하다. 나는 미소를 머금고 시내를 둘러본다.

아멜리에의 집도 어렵지 않게 찾을 수 있었다. 15분도 채 되지 않아 나는 그녀가 살고 있는 집에 도착했다. 밝은 색상의 정면에 경쾌한 석조 무늬장식이 돋보이는 세련된 집이었다. 오래된 건물이긴 해도 모던한 도시 풍경과 조화롭게 어울렸다.

내 심장은 세차게 쿵쾅거리고 있다. 곧 있으면 아멜리에를 다시 보게 될 것이다. 초등학교 시절부터 알고 지내던, 떼려야 뗄 수 없는 막역한 사이였던 친구. 그럼에도 그 당시엔 내가 남겨두고 떠나야만 했던 아멜리에.

다시 한번 심호흡을 하고 초인종 옆의 문패를 살핀다. A. **첸나**. 여기가 맞다. 불안한 마음을 안고 초인종을 누른다. 얼마 지나지 않아 문이 열리는 소리가 나고, 나는 문을 밀고 들어가 계단참에 선다.

아멜리에가 현관까지 나와 나를 맞아준다. 그녀는 꽃무늬가 그려진, 시원해 보이는 여름용 원피스를 입고 어두운 빛깔의 곱슬머리를 자연스럽게 말아 올린 모습이다. 아멜리에는 크게 환성을 지르며 두 팔을 벌린 채로 거의 뛰어나오다시피 한다. 나는 그렇게 그녀의 품에 안긴다. 그녀에게서는 여전히 예전과 같은 향기가 난다. 장미와 딸기, 거기에 약간의 바닐라가 섞인 향. 그 향을 맡자 예전의 기억들이 마구 떠오르기 시작한다.

아멜리에가 나를 먼저 꽉 껴안고, 나 역시도 그녀를 힘주어 안으며 상봉의 순간을 만끽한다. 누군가에게 이렇게 안기는 건 참 기분 좋은 일이다.

"정말 미치겠다, 엠마. 진짜 왔구나." 아멜리에가 서로 꼭 끌어안았던 팔을 풀더니 기쁨과 놀람이 뒤섞인 얼굴을 양손으로 감싸 쥔다. "젠장, 나 지금 진정이 안 돼. 나 전화 받고 처음에는 네가 나를 엿 먹이려고 하는 줄 알았어, 그런데 진짜 오다니!" 그녀가 나를 다시 한번 껴안는다. "세상에나, 정말 좋다. 널 다시 보고, 이렇게 안아줄 수도 있다니."

그녀의 말이 진심에서 우러나온 것임을 알 수 있다. 아멜리에의 말을 듣자마자 그동안의 걱정이 눈 녹듯 사라진다. 지금 이 순간, 나는 내가 그동안 그녀를 얼마나 보고 싶어 했었는지 깨닫는다.

"우리 할 얘기가 너무 많아. 어서 들어와, 네가 무엇 때문에 돌아왔는지 알아야겠어." 신난 아멜리에가 내 손을 끌고 그녀의 아담한 집 안으로 들어간다.

밝고 아늑한 집 안 분위기 덕분에 들어오자마자 기분이 편안해진다. 나는 무언가에 홀린 듯 주변을 돌아보다가 현관 복도의 긴 벽에서 알록달록한 액자에 담긴 사진들을 발견한다. 추억으로 가득 찬 벽이다.

대부분의 액자에는 아멜리에와 어두운 갈색 머리의 남자 사진이 걸려 있다. 페이스북에서 본 적이 있는 사람이다. 아마 아멜리에의 남자친구인 파비안일 것이다. 그의 페이스북 계정 이름이 뭐였더라? **너랑은상관없는사람파비안**, 뭐 이런 식이었던 것 같은데? 둘이 함께 있는 모습엔 행복이 가득하다. 사진에는 그들이 파티에서, 바닷가에서, 가족 모임에서 함께 즐기는 모습이 담겨 있다. 참 예쁜 사진들이다.

눈길을 돌리려던 찰나, 한 사진이 내 시선을 사로잡는다. 잠시 숨이 멎는 듯하다. 마치 미세한 불빛을 내뿜는 반딧불이 떼가 한순간에 한곳으로 모이듯, 머릿속에서 옛 기억들이 갑자기 밀려온다.

"커피나 차 마실래? 아니면 다른 음료 줄까?" 먼 곳에서부터 들려오는 듯한 아멜리에의 목소리가 귀를 파고든다.

대답하고 싶지만 그럴 수 없다. 도저히 사진에서 눈을 뗄 수가 없다. 내 시선이 꽂힌 곳에는 5년 전쯤 찍었던 사진이 있다. 야닉, 아멜리에, 그리고 나. 겉보기에는 그냥 파티 중에 찍은 흔한 사진처럼 보일 뿐이다. 아마도 클럽에서 찍는 수많은 사진 중 하나처럼 보일 것이다. 자유분방함을 즐기는 순간이 담긴 사진.

하지만 실제로는 그 이상이다. 사진에는 보이는 것보다 많은 사실이 담겨 있다. 사진에는 향기와 감정, 소리가 영원히 머문다. 이는 훗날 기억으로 되살아날 뿐 아니라, 다시금 그 기억 안에 흠뻑 젖어 들게 한다. 사진을 찍는 순간의 경험은 그 사진을 다시 볼 때마다 언제고 매번 되살아난다.

사진으로 붙잡아둔 저 순간의 나는 무척 행복하고, 또 편안해 보인다. 머리는 지금보다 짧고, 미소는 자연스럽다. 야닉은 뿌듯한 모습으로 나를 껴안고 있고, 그의 손은 내 어깨를 가볍게 감싸고 있다. 그 순간에 느껴졌던 야닉의 손길이 지금의 나에게도 전해지는 것 같은 기분이 든다.

심장이 아프게 조여온다. 나의 과거가 담긴 그 사진을 얼마나 오랫동안 쳐다보고 있었는지 모르겠다. 그건 까마득히 오래전의 일이다. 저 당시 나는 행복이 영원히 지속할 줄 알았고, 언제나 내 곁에 머무를 거라 생각했다. 항상 우리 둘 곁에 남아주리라고 믿었다.

나는 사진과 그 사진이 끼워진 액자를 아주 부드럽게 만지작거린다. 마치 그렇게 함으로써 시간을 되돌릴 수 있을 것처럼, 단 몇 초만이라도 그 순간을 다시 경험할 수 있을 것처럼. 그러자 왠지 모르게 진짜 그 순간으로 돌아간 것처럼 느껴진다.

그렇게 깊은 상념에 잠겨 있을 때 뒤에서 아멜리에의 목소리가 들려온다. “그날 정말 좋았는데. 기억나니? 너희 약혼하고 며칠 뒤였잖아."

그녀의 말이 나를 백일몽에서 깨운다. 나는 과거의 기억에서 현재로 되돌아온다.

"알아. 세상에나, 정말 오래전이다."

"그날 저녁에 우리 진짜 재밌었는데. 너희 둘 다 돌았지, 그날 어떤 이상한 사람을 쫓아가더니 덜컥 문신까지 새겨왔잖아."

나는 조용히 고개를 끄덕이며 내 약지에 새겨진 작은 별 모양 문신을 만지작거린다. 그 사람이 우리에게 문신을 새겨주던 그 날은 절대 잊을 수 없을 것이다. 내 앞에서 야닉이 눈을 꽉 감던 모습이 떠오르자 저절로 미소가 지어진다.

아멜리에가 내 어깨에 조심스럽게 손을 얹으며 묻는다. "뭐 마실래? 커피?"

"커피 좋아. 우유는 넣고, 설탕은 빼줘."

나는 우리 사진에 마지막으로 한 번 더 시선을 던지고, 아멜리에를 따라 부엌으로 들어간다. 작지만 그녀의 취향이 묻어나게 잘 꾸며진 공간이다. 하얀 찬장에는 다채로운 색상의 손잡이가 달려 있고, 다양한 서랍 색상도 눈에 들어온다. 가운데에는 커다란 호두나무 식탁이 놓여 있고, 그 주위를 밝은색 의자들이 둘러싸고 있다. 멋진 가구들이다.

"와, 너 참 솜씨 좋다. 예쁘게 꾸몄네." 내가 감탄하며 말한다.

"같이 꾸민 거야." 그녀가 웃으며 내가 한 말을 정정한다. "남자친구도 여기에서 같이 살아. 문패에는 아직 내 이름만 적혀 있지만.”

“네 페이스북의 그 남자? 너랑은상관없는사람파비안? ”

“응.” 이야기만 나와도 아멜리에의 눈빛이 초롱초롱해지는 것으로 미루어보아, 파비안은 아주 멋진 사람인 게 분명하다. 그렇지 않다면 아멜리아가 사랑에 빠질 리 없을 테니까.

“잘됐다. 정말 잘 꾸며놨네. 여기 있는 가구들 다 너무 예뻐.”

그녀의 얼굴에 미소가 스친다. “자 이제 앉아, 엠마 양. 그리고 여기까지 온 이유를 얘기해줘. 나랑 가구 얘기를 하러 온 건 분명 아니잖아?” 아멜리에가 뜨거운 커피 두 잔을 식탁 위에 올려놓으며 내 건너편에 자리를 잡는다.

“솔직하게 말할까?”

그녀가 고개를 끄덕인다.

“그 질문에 대답하는 게 그렇게 쉽지만은 않아. 이렇게 말해두자. 내가 최근에 몇 가지 일을 겪었어. 이상한 일들. 거기에 대해서 곰곰이 생각해봤는데 왠지 그냥 때가 된 것 같더라고. 그리고 그 일들이 어떤 의미인지 제대로 생각해보기도 전에 이미 여기 도착해 있었어.”

“네가 와서 기뻐.” 아멜리에가 미소 지으며 커피를 한 모금 마신다. “우리 둘이 말도 안 되는 일들 벌이고 다녔던 거 기억나니? 예를 들면 학교 빼먹고 바다로 갔던 거?”

내 입가에도 미소가 지어진다. “우리 거기서 진실게임도 하고, 라

마조띠*도 마셨잖아. 나 그때 토하는 줄 알았어!"

"청년 활동도 꽤나 재밌었지." 아멜리에가 기억을 더듬으며 말한다. "소름 끼치는 마르코 쇠네베크와의 키스는 기억에서 삭제해버리고 싶지만. 걔는 진짜 끔찍했어!"

예전의 기억들을 떠올리는 건 정말 좋은 일이다. 대체 나는 얼마나 오랫동안 그 기억들을 그저 묻어만 두고 있었던 것일까?

"그때가 정말 좋았지." 내가 솔직하게 수긍한다. "우리 모두가 좋았지. 야닉, 그리고 너… 그게 내가 이곳으로 다시 돌아온 이유이기도 하고."

말해버렸다. 어차피 아멜리에도 이미 직감했을 것이다. 그녀는 내 말에 별다른 반응 없이 그저 고개를 끄덕이더니 다리를 끌어올려 의자 위에서 양반다리로 고쳐 앉는다.

"어떻게 할지는 생각해봤어?" 그녀가 묻는다.

"모르겠어. 하지만 야닉을 꼭 봐야만 해."

"오, 엠마." 아멜리에가 눈을 크게 뜨며 내 이름을 부른다. 그리고는 고개를 절레절레 흔든다. 예상치 못한 반응이다. "그게 정말 좋은 생각일까? 네가 떠났을 때, 야닉은 세상이 무너지고 가슴이 찢어지는 심정이었을 텐데…."

그녀의 말이 내 가슴을 찌르는 것만 같다. 나는 시선을 아래로 떨군다. "야닉에게 상처 주려고 떠난 건 아니었어. 너도 알잖아. 나도

---

* 약초를 넣은 이탈리아 술

그런 결정을 내리기까지 정말 힘들었어." 내가 한숨을 내쉬자 그녀의 눈빛이 흔들린다. 아멜리에는 바로 태도를 바꿔서 내게 사과한다.

"그럼, 알지. 미안해, 내가 멍청이처럼 말해버렸어." 아멜리에가 내 손을 끌어당겨 부드럽게 쓰다듬는다.

"괜찮아."

그 후로 우리는 잠시 침묵한다. 이윽고 나는 묻고 싶어 견딜 수 없었던 그 질문을 드디어 입 밖으로 꺼낸다. "너 혹시 야닉이 요즘 뭐 하고 지내는지 아니? 잘 지내고 있어?"

아멜리에가 고개를 끄덕인다. "그럼. 요즘도 주기적으로 다 같이 만나고 그래. 매달 있는 일종의 정기모임 같은 거지."

"정말? 잘됐네. 그럼 야닉도 다시 행복하게 잘 지내는 거야?" 내가 헛기침을 하며 목을 가다듬자 아멜리에가 눈썹을 위로 치켜뜬다. 내가 진짜 묻고 싶은 질문이 무엇인지 이미 눈치챈 게 분명하다.

"야닉에게 여자친구가 있는지 알고 싶은 거지? 사실 정확하게는 모르겠어. 네가 떠난 뒤에, 야닉이 어딘지 모르게 좀 이상해졌어. 그러니까, 여자 문제에 있어서 말이야."

그게 무슨 말이지? 야닉이 다른 여자와 있는 모습을 상상하니 마음이 아프다.

"너는 어떻게 지내?"

나는 어떻게 지내냐고? 내가 어떻게 답해야 할지 몰라서 머뭇거리는 동안 아멜리에의 질문이 허공을 맴돈다.

내가 주저하고 있는 것을 아멜리에가 놓칠 리 없다. 그녀는 내 속을 꿰뚫어 보듯이 나를 응시한다. "너도 만나는 사람이 있구나, 맞지?"

나는 어깨를 으쓱한다. "그렇기도 하고, 아니기도 하고. 아, 뭔가 복잡해. 사실은 그냥 친구 사이야."

그녀가 다 알겠다는 듯한 미소로 답한다. "그렇겠지, 그냥 친구 사이일 뿐이겠지. 그럼 야닉과는 무슨 이야기를 하고 싶은 건데?"

"당시의 일에 대해서 야닉과 반드시 정리하고 넘어가야 할 게 있어. 네가 날 이해해줄 수 있을지 모르겠지만, 나는 야닉이 나를 용서하고 이제는 잘 지내고 있다는 사실을 꼭 확인해야 해. 그전까지는 앞으로 나아갈 수도 없고, 무언가를 새로 시작할 수도 없을 것 같아."

그녀가 생각에 잠긴 듯 끄덕인다. "이 문제는 잠깐 제쳐두고 다른 얘기 좀 해 볼까? 요즘 어떻게 지내?" 아멜리에가 이야기 주제를 바꾼다. "베를린 생활은 마음에 들어?"

"여기 생활과는 많이 달라." 내가 답한다. "하지만 내가 원했던 바니까. 지금은 광고회사에서 일하고 있어. 일정을 조율하고, 커피 끓이고, 그런 일들. 예전과는 많이 다른 삶이지."

"사진 찍는 일은 어떻게 된 거야? 이제 완전히 손 놓은 거야?"

질문을 받는 것만으로도 마음이 아파져온다. 나는 부정의 손짓을 하며 말한다. "안 해, 전혀. 그때 이후로는 사진 찍은 적 없어."

"그래. 그래도…"

그녀가 무슨 말을 하려고 했는지는 모르겠다. 어쩌면 내가 사진 찍는 일을 아직 그리워하고 있지는 않은지 묻고 싶었을지도 모른다. 하지만 아멜리에는 이에 대해 더 묻지 않았고, 나도 그쪽이 편하다.

조금 가벼워진 마음으로, 이번에는 내가 화제를 바꿔본다. "너는 어떻게 지내? 요양보호사로 계속 일하는 거야?"

"응, 예전이랑 똑같지 뭐. 쉬운 일은 아니지만, 딱 내가 하고 싶은 일이야."

분위기가 한결 편안해지고, 여유로워진다. 우리는 그다음 30분 동안 다양한 주제에 관해 이야기를 나눴다. 베를린에 대해서, 그리고 파비안에 대해서. 그녀는 파비안을 클럽에서 알게 되었다고 했다.

그렇게 시간이 흐르고, 어느 순간 시계를 쳐다보니 벌써 5시 반을 가리키고 있다. 시간이 어찌나 빨리 흘렀는지 믿을 수 없을 정도이다.

"야닉을 만나고 싶으면 네가 직접 찾아가는 게 좋겠어." 아멜리에가 불쑥 말한다.

예전에도 느꼈지만, 아멜리에는 정말 내 생각을 읽을 수 있는 게 아닐까?

"지금 찾아가라는 거야?" 내가 머뭇거리며 묻는다. "아까 내가 이야기했을 때는 좋은 생각이 아닌 것 같다더니."

"나 알잖아, 그런 뜻이 아니었어. 야닉하고 무언가를 정리하고 싶다고 했지? 그럼 뒤로 미루지 않는 게 좋을 것 같아."

"알았어. 어디로 가야 야닉을 만날 수 있지?"

내 질문에 아멜리에는 마치 중대한 비밀을 털어놓으려는 것처럼 의미심장한 눈빛을 보낸다. "야닉은 아그네스 거리에 살고 있어."

마치 잠자고 있던 나비 떼가 배 속에서 소용돌이를 일으키기라도 하듯 위장을 따라 윙윙거리는 떨림이 전해진다.

익숙한 감정, 그리고 새로운 감정. 아멜리에가 방금 아그네스 거리라고 한 게 맞나?

"뭐라고? 그럼… 그럼 야닉이 그 집으로 이사했다는 거야? 그 집… 우리 집으로?" 나는 너무 놀라 온몸에 소름이 돋는다. 아멜리에가 고개를 끄덕인다.

"응, 거기 살아."

아멜리에 역시 우리가 한때 그 집에서 함께 살기를 꿈꾸었다는 사실을 알고 있다. 그건 우리의 오랜 바람이었다. 운명이 우리 둘을 갈라놓기 전까지.

"그가 집에 있을까? 지금 바로 가면?"

"그럴 것 같아. 원하면 내가 전화해서 한번 물어봐 줄 수 있어. 물론 너에 대한 이야기는 하지 않을게."

"그래 줄래? 그럼 고맙지."

"고맙긴, 뭘. 야닉이 나중에 알면 날 죽이려 들겠지만, 다 그러고 사는 거 아니겠니."

아멜리에가 핸드폰을 들고 야닉의 전화번호를 누른다. 얼마 지나지 않아 건너편에서 누군가가 전화를 받는다. 하지만 그 몇 초간의 기다림이 나에게는 몇 시간처럼 느껴진다.

"야닉, 안녕. 나야, 아멜리에. 너 지금 집에 있니?" 그녀가 묻는 사이, 내 심장은 가슴 속에서 공중제비를 넘기 시작한다.

저쪽에서 야닉이 하는 말은 들리지 않지만, 그가 지금 아멜리에와 통화하고 있다는 사실 하나만으로도 나는 가늠할 수 없을 정도로 흥분된다.

"잘됐다. 아, 그게, 파비안이 너한테서 드릴을 빌리겠다고 하거든. …아니야, 아니야. 파비안이 집에 오면 내가 다시 연락할게, 알았지? …좋아, 고마워. 그럼 이따 봐."

아멜리에가 통화를 끊고 미소 짓는다. "야닉 집에 있대. 뭘 더 기다려?"

다시 살아나다

아멜리에의 집에서 시내 중심까지는 그리 멀지 않았다. 나는 부허슈트라세를 따라 티어게르트너 성문으로 간 뒤, 티어게르트너 광장을 지나 부르크슈트라세에 들어선다. 길을 따라 걷는 동안 예쁜 음식점과 제과점이 눈에 들어온다.

주위를 둘러싼 모든 것이 과거로 돌아간 듯한 기분을 느끼게 해준다. 나의 과거가 머릿속에서 다시 한번 활기를 띠고 되살아난다. 야닉과 함께 자전거를 타고 도로를 따라 쭉 달리던 모습도 눈에 선하다. 그 장면을 떠올리는 것만으로도 심장이 세차게 요동친다.

도시 곳곳 많은 것들이 예전 그대로의 모습을 간직하고 있다. 내가 떠나 있던 사이 이곳저곳에 새로운 가게들이 자리 잡은 모습도 눈에 띈다. 하지만 그 장소에 대한 기억만은 아직 내 머릿속에 그대로 남아 있다.

나와 야닉이 알브레히트 뒤러 동상에 입을 맞추던 기억, 그리고 이곳에서 같이 사진을 찍은 기억이 되살아난다. 비록 지금은 그때와는 너무나 동떨어진 모습이지만.

이쪽으로 더 걸어가면 제발더 광장이 나오고, 머지않아 아그네스 거리에 도착할 것이다. 벌써 저 멀리 그의 집이 보이기 시작한다. 저 집은 내게 큰 의미가 있다. 보통 사람들이 자신의 집에 부여하는 것보다 훨씬 더 큰…. 내가 첫 키스를 한 장소이기 때문이기도 하지만, 그보다 더 많은 것을 담고 있는 장소이다.

이토록 꿈과 그리움이 가득 담긴 장소를 오랜 시간이 흐른 후 다시 찾으니 정말 묘한 기분이 든다. 어떤 면에서는 나의 일부가 남아 있는 장소를 다시 찾은 셈이다.

야닉은 내가 떠난 사이에 집의 외벽을 베이지색으로 칠하고 창가에 빨간색 덧문과 자그마한 파란색 화분대를 달아 놓았다. 기억 속의 집과는 다른 모습이지만, 그럼에도 이곳을 마주하는 순간 내 안에 자리 잡고 있던 익숙한 감정들이 다시 살아난다. 이 집은 나에게 항상 특별한 존재였다.

마치 매우 빠르게 움직이는 엘리베이터에 타고 있는 것처럼 위장에서 강한 전율이 일어나 온몸으로 퍼져 나간다. 머릿속에서는 여러 장면이 뒤섞여 소용돌이치고, 그 이미지들은 폭죽이 터지는 것처럼 번쩍거리며 환해진다. 그리고 갑자기, 나는 새로이 떠오른 기억 속으로 빠져든다.

* * *

"매매로 나온 집이었어? 정말이야? 이제 여기가 우리 집이라고? 어떻게 샀어?"

야닉은 가만히 내 손을 가져가 자신의 손에 쥔다. 야닉의 손은 따뜻하기도 하고, 일 때문에 약간 거칠기도 하다. 하지만 그 손의 그런 촉감이 난 좋다. 그리고 그 촉감을 오롯이 느낄 수 있는 이 순간이 너무 좋다.

"그건 비밀이야."

내가 얼굴을 찌푸리며 묻는다. "해서는 안 되는 일을 한 건 아니겠지?"

"무슨 생각을 하는 거야? 해서는 안 되는 일은 너랑 있을 때만 해!"

야닉은 내 볼을 쓰다듬더니 입술에 따뜻하게 키스한다. 내 입가에는 저절로 미소가 번진다.

"창문을 통한 불법 침입 말고 완벽히 합법적으로 문을 통해 들어가는 건 처음이네." 야닉이 잊고 있던 사실을 상기시켜준다. 나는 기분 좋은 떨림에 사로잡힌다. 우리는 수많은 아름다운 순간들을 이 집과 함께했다. 이 집은 마치 우리의 일부와도 같은 곳이다.

"자, 그럼." 야닉이 목을 가다듬더니 열쇠를 구멍에 넣은 뒤 힘차게 문을 민다. "먼저 가시지요, 부인." 그가 연기하듯이 깍듯하게 몸을 굽히며 말한다.

나는 집 안으로 첫걸음을 내딛는다. 낡은 목재 냄새를 살짝 들이마시기만 했는데도 진짜 우리 집에 온 듯한 기분이 든다. 우리가 열다섯 살 때 이 집에 들어왔던 밤을, 그날 비밀리에 만났던 순간을 떠올린다. 그리고 또 아주 특별했던 그 날 밤 일도….

심장이 떨려오기 시작하고 이내 전력 질주를 한 듯이 쿵쾅거린다. 잠시 숨이 막힌다.

“너 이 집이 1756년에 지어졌다는 거 알고 있니? 여기에 한때 알브레히트 뒤러의 후손이 살았다는 이야기가 있어. 이 집은 예술가의 집이었던 거지.”

“혹시 일종의 계시가 있었을까? 이 집은 대대로 예술가에게 이어져야 한다는?”

야닉이 내 쪽으로 다가온다. 그의 눈이 반짝반짝 빛나고 있다. “응, 그런 것 같아. 일종의 계시인 것 같아. 모든 게 들어맞아. 원래는 예전 집주인이 직접 이곳에 들어와 살려고 했었대. 하지만 이제 그는 뉘른베르크에 살지 않아. 집주인에게 이 집을 제발 팔아달라고 설득하느라 정말 힘들었어. 내 매력을 열심히 발산한 결과 이제 이 집은 우리 집이 됐지.” 약간 흥분된 상태로 말할 때 야닉은 정말 귀엽다. 딱 지금처럼. “물론 우리가 이 집에 들어와서 살려면 바닥도 새로 깔아야 하고, 벽도 어떻게 좀 손을 봐야 하고, 지붕이랑 화장실도 고쳐야겠지. 다락방을 확장해서 네가 쓸 작업실을 만들어줄 수도 있을 거야. 네가 보기엔 어때?”

“넌 진짜 미쳤어! 어떻긴, 내가 이 집을 얼마나 좋아하는지 너도 잘 알잖아! 이제부터 이 집은 우리 집이야. 정말, 정말 아름다워.” 나는 그에게로 다가가 부드럽게 입을 맞춘다. “창의 덧문은 빨간색으로 하는 게 어때?"

"그렇게 해줄 수 있지." 그는 내 손을 힘주어 잡는다. "이젠 여기가 우리 집이고, 앞으로도 계속 우리 집일 거야…."

* * *

나는 회상에서 깨어나 다시 현실로 돌아온다. 아름다운 기억 한 조각을 상기시켜주는 짧은 여행을 마친 기분이다.

몇 걸음 떨어지지 않은 곳에 우리의 집이 있고, 그 안에 야닉이 있다. 그를 마주친 후에는 어떤 일이 벌어지게 될지 알 수 없다. 내가 오래전에 굳게 잠가두었던, 과거로 향하는 저 문을 열었을 때 내게 어떤 일이 닥쳐올지는 전혀 예상할 수 없다. 하지만 여기까지 온 이상, 왔던 길을 되돌아갈 수는 없다.

집 쪽으로 막 다가서려는 순간 문이 열린다. 그런데 야닉이 혼자가 아니다. 젊은 여자 한 명이 그의 집을 나서고 있다. 그녀는 야닉에게 작별인사를 한다. 야닉은 그녀가 떠나는 모습을 잠시 지켜본다.

내 심장은 쿵쾅거리기 시작한다. 모든 게 순식간에 벌어진 일이다.

방금 집을 나선 여성이 야닉의 여자친구일까?

이제 뭘 어떡해야 하지? 원래 계획대로 초인종을 누르는 게 맞나?

나는 한동안 그곳에 서서 내 안의 또 다른 나와 실랑이를 벌인다. 결국엔 초인종을 누르기로 결심한다.

하지만 문 앞에 선 뒤에도 실제로 초인종을 누르기까지 족히 5분은 걸렸을 것이다. 손을 들었다가 바로 또 떨구기를 연거푸 반복하기를 수십 번. 두려움을 겨우 극복하고 드디어 초인종을 누르자, 잠시 후 문이 열린다.

"뭐 잊어버린 거 있어?"

야닉이다. 우리의 시선이 정면으로 마주치는 순간, 나는 그 자리에서 얼어버린다.

눈앞에 그가 서 있다. 야닉이 바로 내 앞에 서 있다니.

온기를 느낄 수 있을 정도로 가까운 거리에 그가 서 있다. 내 의지와는 상관없이 다리가 떨리기 시작한다. 내 감정은 뜨거운 용암처럼 온몸을 타고 흘러내린다. 나는 우리 둘 사이의 거리를 조금이라도 떨어뜨리기 위해 재빨리 한 걸음 뒤로 물러난다. 그렇게 하지 않으면 나 자신이 이 뜨거운 감정 속에 파묻혀버릴 것 같다.

야닉은 캐주얼 차림이다. 누가 봐도 팔이 꽉 끼는 듯한 밝은색 셔츠에, 청바지를 입고 스니커즈를 신고 있다.

내 머릿속은 윙윙거리고 방금 확 올라왔던 감정은 쉬이 가라앉지 않는다. 수많은 기분이 한꺼번에, 그것도 너무 빠르고 강력하게 나를 사로잡아서 어떻게 대처해야 할지 모르겠다.

꿈속이나 상상 속에서 종종 마주쳤던 것을 제외한다면 야닉을 직접 마주하는 건 3년 만이다. 그런데도 그의 앞에 다시 서니 우리 둘만의 특별한 끌림이 바로 느껴진다.

심호흡하자, 엠마.

그의 암갈색 머리카락은 예전보다 조금 길고 꽤 헝클어져 있다. 혹시 조금 전의 그 여성과…? 아니다. 그 일에 대해서는 지금 생각하고 싶지 않다.

마음 같아서는 당장 손을 뻗어 그의 머리카락을 빗겨주고 싶다. 예전에도 항상 야닉의 눈을 찌르곤 했던 몇 가닥이 있었지. 특히 그쪽을 잘 정리해서 제 자리에 놓아주고 싶다. 하지만 그건 지나치게 친밀한 제스처가 될 테니 자제하기로 한다.

야닉은 살짝 힘이 들어간 듯한 실눈을 뜬다. 무언가를 믿기 힘들 때 나오는 그의 예전 버릇이다. 짙은 파란 빛의 눈, 그 눈동자에 박힌 길을 잃은 금빛 점들이 곧바로 눈에 띈다.

예상했던 것처럼 야닉은 매우 놀란 눈치다. 당연한 일이다. 그런데 왠지 모르지만 나 역시 당황스럽다. 그가 지금 무슨 생각을 하고 있는지 알고 싶다. 아니다. 모르는 채로 있는 편이 낫겠다. 막상 실제로 알게 된다고 생각해보니 조금 두렵기 때문이다. 나한테 화가 나 있을까? 충분히 이해할 수 있다. 날 바로 돌려보내려나?

우리는 그곳에 그렇게 우두커니 서 있었고, 누구도 말을 꺼내지 않는다. 그냥 슬쩍 뒤로 몸을 돌려 도망가버릴까. 도대체 무슨 생각이었던 걸까. 아무 계획도 없이 이렇게 불쑥 나타나 초인종을 누르다니. 나타날 예정이라는 통보도 없이… 야닉이 그사이에 나 없이 꾸려온 인생 한복판으로 뛰어들다니. 그는 분명 나 없이 잘살고 있었을 텐데.

나는 정신을 차리고 무슨 말이라도 해보려고 노력한다. 야닉의 인생에 갑자기 들이닥친 건 어쨌든 나니까. 그리고 실제로 "안녕, 야닉."이라는 말을 겨우 입 밖으로 내뱉는 데 성공한다.

어렵게 한 마디 꺼낸 나는 초조하게 손톱을 뜯기 시작한다. 그는 여전히 나를 뚫어져라 쳐다보다가 가볍게 고개를 흔든다.

그리고는 부드럽게 내 손을 잡는다. 나는 당황스럽긴 했지만 온몸에 행복한 기운이 퍼지고 심장이 잠시 멈춘 듯하다.

"말도 안 돼. 엠마. 무슨 말을 해야 할지 모르겠다. 다른 건 몰라도, 이런 날이 올 줄은 예상 못 했어. 네가 이렇게 갑자기 나타날 줄이야. 너무 놀랍다…."

나야말로 야닉의 이런 반응을 예상치 못했다.

"꼬박 3년이란 시간이 지났는데, 갑자기 내 앞에 나타나서는 '안녕'이라니. 미리 전화도 없이, 어떤 연락도 없이."

그의 말이 모두 맞다. 그래서 나는 아무 말도 하지 않는다.

그 와중에 느껴지는 야닉의 손길은 정말 좋다. 너무 좋다.

"미안해, 나도 알아, 내가…" 내 목소리는 갈라지고, 나는 그의 눈을 똑바로 바라볼 수가 없다. 지금 내 행동이 이상하다는 것도, 그가 화낼 이유가 충분하다는 사실도 잘 알고 있다. 그가 나를 밀쳐낸다고 해도 할 말이 없다.

하지만 야닉은 나를 밀치는 대신 미소를 짓는다. 내 앞에 야닉이 있다. 내가 알던 야닉 곁으로 다시 돌아왔다. "사실 네가 이렇게 갑자기 내 앞에 나타나 주기를 종종 바랐는데. 그래도 그런 일이 실제로 일어날 거라고는 생각 못 했지. 그런데 진짜 내 앞에 네가 나타나다니…. 정말 기쁘다."

야닉이 말을 마치는 순간 내 심장은 질주한다.

많은 경우의 수를 따져 보았지만 이런 반응은 예상치 못했다. 야닉은 내 눈을 깊이 응시하더니 한 걸음 더 가까이 내 쪽으로 다가온다. 그리고는 양팔로 나를 감싸더니 꽉 껴안는다. 나는 내 얼굴을 그의 가슴에 파묻은 채 그의 체취를 들이마신다. 내 심장은 정처 없이 이쪽저쪽으로 비틀거린다. 그에게서 깨끗하게 빤 옷의 냄새와 오동나무 기름, 수많은 추억과 수천 개의 행복했던 순간들 냄새가 난다.

나는 눈을 질끈 감고, 그에게서 느껴지는 편안함과 친밀함에 너무 빠져들지 않으려고 애쓴다. 하지만 마음대로 잘 되지 않는다. 지난 3년 동안 지금 이 순간만큼 내가 진정으로 살아 있다는 기분을 느낀 적은 없었기 때문이리라.

깨어난 그리움

“정말 뜻밖이야, 엠마. 넌 항상 날 놀라게 하는 데 선수였지. 지금 꼭 꿈꾸고 있는 것 같아.”

야닉이 내 귀에 대고 속삭인다. 우리는 천천히 서로를 감고 있던 팔을 푼다. 그의 시선은 내 얼굴에 머물고, 나는 당황하며 괜스레 그의 머리카락을 귀 뒤로 넘겨준다. 이 상황의 주도권을 되찾기 위해 어떻게든 노력해야 한다.

“나 좀 꼬집어봐.” 야닉이 미소 지으며 말한다. 나는 그의 팔을 부드럽게 꼬집어본다. “진짜구나.” 그는 마치 눈앞에 있는 게 정말 나라는 걸 이렇게 해야만 믿을 수 있다는 듯, 꿈을 꾸고 있는 게 아니라는 사실을 스스로 확인하려는 듯 엄지손가락으로 내 볼을 쓰다듬는다.

야닉이 나를 만지는 손길은 여전히 믿기지 않을 만큼 황홀하고 예전과 같이 짜릿하다. 나는 얼굴이 달아오르는 걸 느낀다.

“좋아 보인다, 엠마.”

나는 부끄러워서 얼굴을 옆으로 돌린다. 숨을 제대로 쉬기 위해,

그리고 상황에 맞는 말을 찾기 위해 애쓴다. 겨우 정신을 차리고는 서둘러 한 마디 꺼낸다. "그렇게 말해줘서 고마워. 하지만 빈말인 거 다 알아."

"빈말 아니야. 난 아직도 정신을 못 차리겠어. 사실은 네가 다른 사람인 줄… 아니야, 됐다." 그는 더 자세히 이야기하지 않는다. 하긴, 야닉은 내가 자신이 다른 여자와 있던 장면을 봤다는 사실을 모르니까. "사실 허브를 좀 갖고 오려던 참이었어. 요리하던 중이었거든." 그가 현관문 옆 바닥에 놓인 화분들을 가리킨다.

허브?

그가 내 얼굴에 쓰인 의문스러운 표정을 읽은 듯하다. "나 요리하는 거 여전히 좋아하거든. 네가 기억하는지 모르겠지만. 지금은 예전보다 훨씬 잘할 수 있어. 이제 뭘 태우는 일은 거의 없거든." 그가 장난기 섞인 어투로 말한다.

야닉도 살짝 당황한 기색이다. 그의 볼이 약간 달아오른 거로 미루어보아 알 수 있다. 꼭 엄마 몰래 군것질을 하다 들킨 소년 같은 모습이다.

"무슨 요리 하려던 중이었어?"

"간단하게 스파게티 해 먹으려고 했어. 너도 같이 먹을래?"

내 배가 야닉의 질문을 알아듣기라도 한 것처럼 하필 그 순간에 맞춰 꼬르륵거린다.

"좋아, 네가 번거롭지만 않다면. 아니면 나가서 먹어도 되고." 그 순간, 아까 보았던 여자 생각이 스친다. "그리고 원래의 네 계획을 방해하고 싶지는 않아. 그러니까, 만약 다른 계획이 있었다면 말이지. 혹시 누군가를 기다리고 있었다면…"

그가 괜찮다고 손짓한다. "그건 미루면 돼. 어떻게 하고 싶어? 배고픈 거 맞지? 하지만 외식은 좀 그래. 내가 요리할 거야." 야닉이 내게 윙크한다. 그의 옆구리를 장난스럽게 쿡 찌르고 싶은 마음이 들지만 결국 실행에 옮기지는 않는다.

"아주 솔직히 이야기하면, 지금 어마어마하게 배가 고파. 그런데…" 나는 짧게 머뭇거리며 그를 쳐다본다.

"그런데 뭐?"

"나랑 집에서 식사하고 싶은 게 확실해? 내 말은, 날 쫓아내고 싶은 마음이 들지 않아?"

그는 고개를 흔든다. "말도 안 되는 소리. 자, 엠마, 그럼 일단 거실로 들어가자." 그가 한 걸음 뒤로 물러나며 내가 들어갈 공간을 만들어준다.

내 심장은 이제 지나치게 빠른 속도로 뛰기 시작한다. 오늘 아침까지만 해도 야닉과 함께 식사하게 될 거라고는 전혀 예상하지 못했다. 그동안 이 장면을 수없이 많이 상상해봤지만, 그리고 야닉이 보일 수 있는 수백 가지의 반응을 머릿속으로 떠올려봤지만, 이런 반응은 예상치 못했다. 한편, 마음 깊은 곳에서는 감사한 마음이 들었다. 사실은 지금 이 상황이 무척 감사하다.

그렇게 야닉의 집 안으로 들어섰다. 그리고 발을 들여놓는 순간, 내 안에서는 묘한 감정이 퍼지기 시작한다. 익숙하면서도 낯선, 참으로 묘한 감정이다. 예전과는 다른 집의 모습도 눈에 띈다. 야닉이 집을 완전히 바꾸어 놓았다. 집의 겉모습뿐만 아니라 내부도 그때와는 전혀 다른 모습이다. 예전의 모습도 좋았지만 지금 이 집은 마치 야닉이 우리가 함께 꿈꾸던 그림을 현실에 그대로 가져다 놓은 듯하다. 밝게 칠한 벽과 아름다운 나무 바닥 덕분에 모든 것이 아늑하고 따뜻하게 느껴진다.

"어때? 보물이 많이 달라졌지? 예전 모습을 떠올리면 못 알아볼 정도지, 안 그래?" 내가 생각하고 있는 그대로를 야닉이 이야기한다. 이 집이 예전의 그 집이라니, 믿기 어렵다.

야닉의 말을 듣고 나는 피식 웃는다. **보물**이라고 부르다니, 야닉답다. "응, 정말 완전히 다른 모습이 됐네. 게다가 엄청나게 예뻐졌어."

그가 고개를 끄덕인다. "너한테는 모든 게 다 새로울 테니 찬찬히 둘러보고 있어. 나는 그동안 부엌에서 식사 준비 좀 해놓고 있을게." 야닉은 그렇게 말하고는 나를 거실에 혼자 두고 사라진다.

나는 자연스레 아래쪽으로 시선을 내렸다가 바닥을 보고는 움찔한다. 바닥에 작은 별들을 새겨 놓았잖아!

별. 다시 한번 옛 기억들이 머릿속으로 밀려들어 온다. 하지만 또 다시 기억에 압도당해 정신을 잃어버릴까 두려워 서둘러 다른 방으로 걸음을 옮긴다.

거실에는 약간 보풀이 일기 시작한, 알록달록한 색상의 카펫이 깔려 있다. 그 위로 묵직해 보이는 벚나무 탁자가 놓여 있다. 안락해 보이는 소파와 장식이 달린 작은 찬장도 어울리는 자리에 잘 놓여 있다. 찬장에도 별과 작은 꽃, 그리고 덩굴이 새겨져 있다. 그것들을 제외하면 전반적으로 수수하고 간결한 느낌을 주는 동시에 따뜻하고 아늑한 기분이 드는 공간이다. 야닉은 욕실까지도 매우 아름답게 잘 꾸며 두었다. 하늘색 타일이 깔려 있고 반짝반짝 빛나는 수도꼭지가 돋보이는 욕실이다.

우리가 한때 함께 살기를 꿈꾸었던 이곳을 야닉이 혼자만의 힘으로 이토록 잘 꾸몄다니, 정말 놀라울 따름이다. 거의 무너져가던 작은 집이었는데. 이제는 모든 방이 나름의 매력이 있고, 우리가 함께 상상하던 모습 그대로 재현된 공간으로 탈바꿈했다. 내가 살고 있는 베를린의 집과는 아주 다른 모습이다. 이 집에 비하면, 그곳은 황량하다고 느껴질 정도이다.

물론 이 집은 모든 게 오밀조밀하고, 어찌 보면 현대적이지 않은 모습이다. 하지만 바로 그런 부분들이 이곳을 더욱 특별하게 만들어준다. 더 정겹게 느껴지도록 하고, 내 집 같은 분위기를 선사해준다. 우리가 한때 꿈꾸었던 바로 그런 모습이다. 그 모습을 눈으로 확인하는 지금, 내 마음은 왜 이렇게 무거워지는 걸까?

잠시 집 구경을 마치고 부엌에 있는 야닉에게로 향하려는데, 그가 누군가와 통화하는 소리가 들려온다.

"미안해, 자기. 아니야, 안 돼."

아까 집을 나서던 그 여자일까? 야닉이 그녀를 **자기** 라고 부르는 건가? 전혀 그답지 않은 호칭이다.

나는 잠시 기다렸다가 그가 통화를 마치는 것을 확인하고 나서야 부엌에 들어간다. 야닉은 벌써 토마토와 양파, 마늘을 준비해 두었다.

"마치 네가 이 집에 숨을 불어넣은 것 같아. 우습게 들리겠지만, 이 집이 정말 살아 있다는 느낌이 들어." 내가 야닉에게 말한다.

야닉이 내 쪽을 돌아보고, 우리의 시선이 마주친다. 잠시 시간이 멈춘 듯하다. 곧 그가 미소 지으며 답한다. "고마워. 최대한 반영하려고 노력했어. 우리가 예전에 얘기했던 그… 아, 아무튼. 그런데 사실은 몇 가지 세세한 부분들 때문에 거의 포기할 뻔한 적도 있어."

"그렇다 했더라도 너는 결국 포기하지 않았잖아. 현관 바닥만 봐도 그래. 그런 정교한 장식이 가능할 줄이야. 노력한 보람이 있어, 모든 게 다 예쁘고 아름다워. 그리고 굉장히 특별해. 그림 속에 나오는 집 같은 모습이야. 우리가 옛날에 이 집을 그림으로 그려보았더라도 이렇게 예쁜 모습으로 그릴 수 있었을까 싶어."

거기서 내 말문이 막히고 만다. 내가 방금 뭐라고 한 거지? **우리**?

"미안, 그 말은 안 하려고 했는데. 그러니까 그, **우리**라고 한 부분…."

"괜찮아. 걱정하지 마. 사실이 그런데 뭐."

"여기 산 지 얼마나 오래됐어?"

"그러니까, 네가 떠났을 때부터 고치기 시작했어. 이제 여기 산 지는 1년 됐어. 하지만 말했다시피 여전히 할 일이 남아 있어. 몇 달 전에야 현관을 조금 고치고 바닥에 타일도 깔았어. 들어올 때 어떤 모습이길 바랐냐면…"

"하늘에서 별들을 가져온 것 같은 모습." 내가 덧붙인다.

우리의 눈이 마주친다. "응, 맞아." 그의 입가에 가벼운 미소가 번진다.

내 심장은 또다시 빠르게 뛰기 시작한다. 나는 외딴 건물 안에 우리 둘이 함께 있던 그때, 우리가 꿈을 좇던 그때를 떠올린다.

심호흡하자, 엠마.

그때 마침 배가 꼬르륵거리고, 그 소리를 들은 야닉이 조용히 웃는다. "어서 요리 시작하자, 너 그러다 배고파 죽겠다." 그는 서랍에서 도마 하나를 더 꺼낸다. "그런데 조금은 도와줘야 해. 내가 다 해주지는 않을 거야."

모든 것이 무척 자연스럽게 느껴진다. 이렇게 함께 요리하는 것이 당연한 것처럼, 마치 이렇게 하지 않았던 적이 없었던 것처럼 지금 이 순간이 일상처럼 느껴진다.

"그럼, 기꺼이 도울게." 내가 대답하며 그가 물 담은 냄비를 불 위에 올려놓는 것을 지켜본다. "나는 뭘 하면 됩니까? 엠마 일병, 주방보조를 명받았습니다!"

"양파랑 채소를 다듬는 것부터 시작하면 어떻겠습니까, 주방보조

엠마?" 그가 친밀하게 미소 지어 보이자 따뜻하고 익숙한 느낌이 물결처럼 밀려온다.

야닉이 도마를 가리키며 나에게 양파, 마늘, 당근 그리고 토마토를 건넨다. "칼은 왼쪽 찬장에 보면 있어." 그는 마지막으로 내 손에 포크를 쥐여준다.

나는 들뜬 상태로 그가 내 손에 쥐여준 포크를 보며 묻는다. "기억하는구나?"

"그럼, 당연하지. 나는 양파 자르는 데 포크가 필요한 사람은 너밖에 못 봤어."

나는 미소 지으며 양파를 포크로 찔러 고정하고, 껍질을 벗긴 뒤 잘게 썰기 시작한다. 하지만 이내 야닉의 단단한 팔뚝과 근육, 매력이 넘치는 그의 몸에 시선을 뺏긴다. 상상도 하기 싫은 일이지만, 만약 좀 전에 다른 여자가 그를 만지고, 쓰다듬고, 그와…

"아야!"

"괜찮아?" 야닉이 어깨너머로 나를 쳐다본다.

"응, 잠깐 딴생각 하다 손을 베었어." 나는 한숨을 쉬며 손가락을 입에 물었다.

"어디 좀 봐." 예상치 못하게 야닉이 내 손가락을 가져가더니 조심스럽게 뒤집어 그 조그마한 상처를 가까이서 살핀다. "살짝 베었네. 잠깐만 있어 봐."

그는 서랍을 열어 스프레이 연고와 밴드를 꺼낸다. 그리고는 내 손가락에 연고를 뿌려주더니 손수건으로 톡톡 닦아낸 뒤 상처 부위에 부드럽게 입 맞춘다. "좀 나아?" 그렇게 묻는 그를 보니 마음속 깊은 곳이 떨려온다.

그러고 난 뒤 야닉은 밴드를 붙여준다. 불현듯 우리가 너무 가깝게 붙어 있다는 사실 때문에, 그리고 그가 나를 만질 때마다 속이 너무 간지럽기도 하고 내 안의 격한 감정들이 되살아나는 것 같아서 나는 잠시 숨을 멈춘다. 감당할 수 없을 만큼 격한 감정들이 내 안에서 되살아난다.

"괜찮아졌어?"

"응, 그럼." 나는 당황스러운 눈빛으로 손가락을 바라본다.

나는 다시 집중해서 채소를 썰기 시작한다. 우리는 요리하는 도중에 뉘른베르크가 지난 3년간 어떻게 바뀌었는지에 관해 이야기한다. 하지만 내 머릿속에는 너무도 많은 생각이 떠다녀서 그 이야기에 온전히 집중할 수가 없다.

게다가 내 시선은 무의식중에 계속해서 그의 몸 쪽으로 향하고 있었다.

야닉과 부엌에서 함께 요리하고, 이렇게 많은 대화를 나누다니 정말 좋다. 중간중간 묘한 감정이 밀려오기도 하지만, 오랫동안 만나지 못했다는 사실을 감안하면 둘 다 현재 상황에 매우 자연스럽게 녹아 있다.

이윽고 냄비의 물이 보글거리기 시작한다. 야닉은 프라이팬을 불

위에 얹어 놓고, 그 안에 버터를 두른 뒤 온도를 올린다. "어때? 다 됐어?"

나는 썰어둔 채소를 담은 접시를 그에게 건넨다. 그 과정에서 또다시 우리의 손이 스치고, 나는 또 한 번 무언가가 내 안에서 날개를 펄럭이는 듯한 기분에 사로잡힌다.

"뭐 좀 마실래? 맥주, 물, 콜라, 아니면 와인?" 그가 재빠르게 묻는다. 나는 우리의 손이 스치던 그 순간 야닉도 나와 같은 기분을 느꼈을지 궁금하다. 야닉도 우리 사이의 거리가 지금 매우 가깝다는 사실을 의식하고 있을까. 그러나 곧 또다시 좀 전에 야닉의 집에서 나오던 여자가 떠오른다.

나는 그 여자에 대한 생각을 서둘러 밀어내며 답한다. "응, 맥주가 좋겠다."

야닉이 냉장고에서 맥주 두 병을 꺼내 와 그중 한 병을 나에게 건넨다.

프라이팬 안의 버터가 녹기 시작한다. 이상한 소리이지만, 내 심장도 그 안에서 함께 녹고 있는 기분이다. 우리가 지금 무언가 특별한 게 아니라 요리같이 아주 일상적인 걸 함께하고 있다 보니 매우 자연스럽고 친숙한 느낌이 든다. 예전에도 우리는 항상 함께 요리하곤 했었지. 옛날 생각이 나면서 야닉이 곁에 있다는 사실이 더욱 특별하게 느껴진다.

잠시 후 스파게티 면이 잠긴 물이 끓기 시작한다. 프라이팬 안에서는 재료들이 고루 섞여 먹음직스러워 보이는 빨간 소스로 변한다. 야닉은 완성된 스파게티 위에 파르메산 치즈를 갈아 넣고, 우리는 드디어 식탁 앞에 자리 잡는다.

"너를 위하여." 야닉이 말한다. "네가 뉘른베르크로 돌아온 것과 네 갑작스러운 방문을 위하여."

우리의 맥주병이 부딪치는 소리가 짠하고 울린다. 그 소리가 또 기억들을 불러온다. 잠시 옛 장면들이 눈앞을 스쳐 지나간다.

너희 둘을 위하여! 그날은 우리가 약혼했던 날 밤이었고, 우리는 밖에서 함께 시간을 보냈었다.

"맛있게 먹어." 야닉이 포크로 스파게티 면을 돌돌 말면서 말한다. 나는 내 머릿속 장면들을 털어버리려고 노력한다.

"고마워. 너도." 나도 내 접시에 담긴 스파게티 면을 포크로 말기 시작한다. 하지만 바로 먹기 시작하는 대신 그 위에 파르메산 치즈를 좀 더 뿌린다.

그런 나를 야닉이 힐끔 쳐다보더니 피식 웃는다. "여전하구나."

"뭐 말이야?"

"어마어마한 양의 치즈 말이야. 시간이 지나도 바뀌지 않는 것들이 있는 게 참 좋아."

그의 말에 심장이 또다시 두근거리고, 가슴 깊은 곳에서는 자그마한 나비가 날아다니는 듯한 간지러움과 설렘이 동시에 느껴진다. 그저 함께 앉아 저녁을 같이 먹을 뿐이지만 예상하지 못했던 많은 것이 내 감정을 자극한다. 하지만 우리에게는 가장 어려운 부분이 아직 남아 있다. 나는 야닉과 스파게티를 먹으러 여기까지 온 게 아니니까.

잠깐 적막이 흐른다. 나는 야닉도 생각에 잠겨 있다는 사실을 눈치챈다. 내가 여기까지 오게 된 이유에 대해 생각하고 있을까?

"네 시선이 심상치가 않아. 그건 네가 할 말이 있을 때 보이는 눈빛이잖아. 어서 말해봐, 무슨 일 있어? 내가 도와줘야 하는 일이 있는 거야?" 내가 망설이는 사이 그가 먼저 묻는다. 나는 침을 꿀꺽 삼킨다.

오랜 정적이 흐르는 동안 나는 두려움과 수많은 감정을 제어하기 위해 애쓴다. 그리고 어렵게 답한다. "무슨 질문을 하고 싶은지 알아. 너도 알고 싶겠지, 내가 왜 여기까지 왔는지…. 솔직히 말해서 갑자기 이곳으로 와야만 했어. 우리 사이에 아직 정리해야 할 게 많이 남았다는 기분이 들었거든. 그리고…"

야닉은 여전히 스파게티가 돌돌 말린 포크를 손에 쥐고 있다. 내 대답에 야닉이 놀랐다는 걸 그의 눈빛에서 읽을 수 있다. 하지만 그는 바로 정신을 차린 듯하다. 적어도 겉으로 보기에는.

나는 망설이다 말을 이어간다. "그리고, 어쨌거나, 나도 베를린에서 내 삶을 계속 살아야 하니까. 우리 사이의 일을 어떻게 정리해야 할지, 우리 사이에 남아 있는 게 무엇인지를 알지 못하면 내가 앞으로 나아갈 수 없다는 사실을 갑자기 깨달았거든…. 적어도 나는 이렇게 하는 게 낫다고 생각했어. 왜냐하면 베를린에도 나와 함께 즐겁게 시간을 보내는 누군가가 있어서…"

나는 정제되지 않은 말들을 제대로 생각해보지도 않은 채 마구 쏟아내고, 그 과정에서 내가 야닉의 마음을 다치게 했다는 사실조차 제대로 인지하지 못한다. 내 의도와는 전혀 다른 말들을 내뱉고 만 것이다.

"그래, 좋아." 야닉의 목소리가 갑자기 차갑게 식는다. "그래서 내가 지금 무슨 말을 해주면 좋겠어? 넌 그냥 네 길을 가면 돼, 난 잘 지내고 있어. 이렇게 말하면 네게 도움이 돼?"

분위기가 싸하다. 분명히 느껴진다. 이건 내가 원하던 바가 아니다.

"야닉…"

"내가 축복을 빌어주기라도 해야 하는 거야? 너에게 누군가가 생겨서? 이게 네 진심이야?"

나는 빠르게 고개를 저으며 말한다. "그게 아니야. 알렉스가 좋은 사람인 건 맞아, 그는 친절하고 단정한 사람이야. 같이 있으면 즐겁기도 하고. 종종 밖에서 같이 시간을 보내고, 식사도 하고, 그가 나를 행사에 초대해주면 함께 가기도 하지만, 그렇다고 우리가 사귀는 건 아니야. 그러니까…"

야닉은 내가 하던 말을 끊고 자신의 맥주를 한 모금 들이키며 말한다. "단정하다고? 그래, 잘됐네."

무엇이 그의 마음을 불편하게 했는지 알겠다. 우리 부모님은 늘 야닉을 탐탁지 않게 여겼었다. 그가 단정함과는 거리가 먼 사람이었기 때문이다. 예전의 야닉은 싸움에 자주 휘말리는 사람이었고, 도발적으로 자신의 이상을 좇는 사람이었다. 그는 직설적으로 자신의 의견을 내세우곤 했다. 우리는 같이 시위에 참가한 적도 있었다. 부모님은 항상 내가 단정한 사람과 사귀었으면 했기에, 그의 이런 면들은 기대를 충족시키지 못했다. 그 단정하다는 기준이 무엇인지는 나조차도 잘 모르겠지만.

"우리 부모님 생각하고 있는 거지? 부모님과는 상관없는 일이야. 그리고 두 분은 어차피 진짜 사랑이 뭔지 모르셔. 그분들에게 **영원히**라는 말은 개념으로만 존재하는 시간이니까. 게다가 두 분은 이혼하셨어." 내가 해명한다. **영원히.** 내 안의 목소리가 속삭이는 소리가 들리지만 나는 무시한 채 숨을 깊게 들이쉰다. "나는 그분들이 무슨 생각을 하는지 신경 써본 적 없어. 부모님의 눈에 네가 단정해 보이든, 그렇지 않든, 나는 너를 선택했어."

야닉의 시선이 나에게 머무른다. 아주 잠깐 그가 미소 짓고 있는 것처럼 보였지만, 야닉은 이내 화제를 돌린다. "그래서 지난 3년 동안은 베를린에서 살았던 거야? 커다란 도시에서의 삶은 어때? 정신없을 것 같은데, 안 그런가? 이 작은 시골 마을과는 비교가 안 되겠네."

"그건 그래. 항상 시끌시끌한 곳이지."

"좋네." 내 말이 끝나기가 무섭게 야닉이 말한다. 그의 목소리에는 아직도 냉기가 감돌고 있다. "그러니까, 만약 이제는 그곳에서 네 인생을 살고 싶은 거라면, 그래서 내가 축복해주길 원하는 거라면, 그게 왜 필요한지는 모르겠지만, 안심해도 돼. 나는 잘 지내고 있으니까. 이렇게 말해두자. 지금 내 주변에는 여자들이 몇 명 있어. 같이 무언가를 하기도 하고, 나를 좋은 사람이라고 생각해주는 사람들이야. 그러니까 너는 네가 하던 대로 너의 길을 가면 돼. 다 괜찮으니까. 우리는 서로한테 빚진 게 없는 거야. 우린 과거를 이겨내고 살아남은 거니까."

그의 말이 나에게 강한 충격으로 다가온다. 나는 침을 삼킨다.

야닉에게 여자가 있는 게 사실이구나. 심지어 한 명이 아니라 여러 명이라고?

"그래." 갑자기 누군가가 심장을 찌른 듯 가슴이 아프고 꽉 조여오지만 이건 내가 자초한 일이다. 어찌 됐건 그와 싸우고 싶지는 않다.

"야닉?"

"응?"

"이런 식으로 오해받고 싶지는 않아. 사실 내가 여기 온 건, 그건… 그때 그렇게 떠났던 거, 말로 다 할 수 없을 만큼 정말 미안하다는 말을 하고 싶어서야. 우리가 모든 정리를 끝내기도 전에 너를 혼자 두고 떠났었지. 그리고 진심으로, 마음에서 우러나와서 하는 말인데, 나는 네가 만나는 여자가 있다는 사실이 기뻐. 하지만 내가 알렉스 때문에 여기에 왔다거나, 너한테 무슨 축복을 받으러 온 게 아니라는 사실은 알아줬으면 좋겠어. 그것 말고 다른 이유들이 있었어. 베를린에서 네 생각을 할 수밖에 없었던…” 갑자기 눈물이 차오르기 시작해서 하던 말을 멈춘다. 나는 내뱉으려던 말을 삼키고 눈물이 쏟아지는 걸 막기 위해 눈을 깜빡거린다.

야닉이 식탁 너머로 손을 뻗어 내 손을 잡아준다. “아, 엠마. 젠장, 내가 멍청하게 굴었어. 미안해.”

“아니야, 내가 미안해, 정말, 진심으로. 나는 그때 일어났던 일을 견딜 수가 없었어. 그게 너에게도 마찬가지로 엄청나게 힘든 일이었다는 거 알아. 그런데도 그때 나는 너를 혼자 두고 떠나버렸어. 끔찍한 처신이었어. 사실 네가 아까 문 앞에서 쫓아냈어도 나는 할 말이 없지. 나는…” 말할수록 눈에는 더욱더 많은 눈물이 차오른다.

“엠마, 엠마, 아니야. 괜찮아, 제발 울지 마.” 그는 내 손등을 부드럽게 쓰다듬으며 말한다. “그러니까, 그게 네가 여기에 온 진짜 이유라는 거지? 나한테 미안하다는 말을 하려고 왔다는 거지?”

“응. 나한테는 우리가 서로를 다시 마주 본다는 게 중요했어. 우린 서로에게 정말 큰 의미였잖아. 하지만 그 일이 있고 나서는 제대로 얘기할 기회가 없었지. 다 나 때문이야. 사실 미안하다는 말로도 다 안 되는 거 알아.”

그가 무겁게 한숨을 쉰다. “좀 전에 못되게 굴려던 건 아니야. 여자들과 관련해서 이야기 한 건…”

“괜찮아, 당연히 그런 반응 보일만 해.”

“그러니까, 내가 좀 전에 말했던 건 사실이 아니야. 사실은…”

내가 말을 끊는다. "나한테 꼭 이야기할 필요 없어."

내 시선은 그 와중에도 계속해서 야닉의 입술에 가 닿는다. 그와의 입맞춤은 예전과 같은 느낌일까?

정신 차려, 엠마!

"네가 행복하다면, 그리고 나를 용서해준다면, 난 그걸로 기뻐. 단순히 기쁘다는 말로는 표현이 안 될 만큼."

"그만해, 사과할 거 없어. 네가 판단해서 결정한 일이었잖아. 너는 그때 그럴 수밖에 없었을 거야. 그 모든 일을 뒤로하고 훌쩍 떠나 처음부터 다시 시작하고 싶었던 거겠지. 그걸 실행으로 옮긴 것뿐이야. 어쩌면 그냥 그래야만 했는지도 몰라."

"그래, 어쩌면." 내가 작은 목소리로 중얼거린다.

"중요한 건, 지금 네가 잘 지내고 있다는 거. 우리가 잘 지내고 있다는 거잖아."

우리는 한동안 말없이 앉아 서로를 바라본다.

"난 이제 배가 터질 것 같아. 너는?" 정적을 깨고 야닉이 묻는다.

"나도. 고마워, 정말 맛있는 식사였어. 생각해보면 넌 항상 요리를 잘했었지."

"알고 있어. 그리고 넌 항상 내가 만들어낸 걸 잘 먹어줬고." 그는 일어나서 빈 그릇을 치우기 시작한다. 내 시선은 근육으로 다져진 그의 팔에 고정된다.

"베를린에 도착하고 나서 무슨 일들이 있었는지 말해줘. 어떻게 지냈어? 거기서 지내는 건 어때? 아, 그런데 그 알렉스라는 사람에 대해서는 별로 듣고 싶지 않아."

그가 나를 웃게 만든다. "특별할 건 없어. 새로운 도시, 새로운 집, 새로운 일이지, 뭐."

"새로운 일이라. 그래, 말이 나온 김에 말인데, 거기서 사진 일 다시 시작했어?"

하필 그 질문을 할 줄이야. "음, 아니. 그건 아니야."

왜 다들 그 질문을 하는 거지? 아까는 아멜리에에 이어 야닉까지. 마음이 불편해진다. 내가 이제 더는 사진을 찍지 못하는 이유를 다들 알면서.

"그래." 그가 나를 쳐다본다. "아마 그럴 거라고 생각하긴 했어. 마음속으로는 다시 시작했길 바랐지만. 그럼 지금은 어떤 일 해?"

좀전의 질문이 계속해서 신경 쓰였지만 털어버리려고 노력하며 야닉의 다음 질문에 최대한 자신 있게 대답한다. "지금은 광고회사에서 일해. 방문객 응대하고 여러 가지 일정을 조율하는 일이야. 아주 중요한 일이지."

야닉은 씨익 미소 지어 보이더니 하던 일을 멈추고 내 쪽으로 가까이 와 앉는다. "사진 찍는 일을 그만둔 건 너무 아쉽다. 결혼식 같은 데서도 안 찍는 거야? 전혀?"

"응." 내 목소리가 갈라진다. 나는 무심한 척 어깨를 으쓱해 보인다. "괜찮아, 이젠. 사진 찍고 싶은 마음이 들지 않아. 난 이제 예전과는 다른 사람이 되었으니까. 이렇게 되길 원했던 거고."

야닉은 내 마음을 꿰뚫어 보고 있을까? 내가 거짓말하고 있다는 사실을 눈치챘을까? 솔직히 말하면 사진이 그립다. 사실이 그렇다. 하지만 그 일이 있고 난 뒤부터는 카메라를 잡을 수가 없다. 그러고 싶지 않다.

"정말, 너무 안타깝다는 말밖에는 할 말이 없다." 야닉이 생각에 잠긴 듯 말한다. "넌 정말 뛰어난 사진가였는데. 네게 사진 촬영만큼 중요한 일은 없었잖아. 너는 피사체를 적절한 조명 아래에서 생동감 있게 포착하는 재능이 있었어. 네 사진은 비밀을 간직한 것 같은 매력이 있었고." 테이블을 사이에 두고 우리의 눈이 마주친다.

"네가 과장하는 거야. 그리고 설사 그렇다 하더라도, 상황은 언제든 변할 수 있는 거니까." 내가 재빨리 덧붙인다. "너는 무슨 일 하며 지내?"

"뭐, 나야 그대로지. 가구 만드는 일을 계속하고 있어. 이래 봬도 마이스터 자격까지 갖춘 가구공이야."

"미안, 내 질문이 바보 같았네. 집만 봐도 딱 알아챌 수 있는 사실인데. 넌 꿈을 이뤘구나, 우리의 꿈을." 수많은 추억이 머릿속을 스친다. "이 집이 빈집이었을 때 우리가 여기 얼마나 자주 찾아왔는지 기억해? 우리만의 은신처, 별이 보이는 우리의 아지트였는데."

"당연히 기억하지." 그가 미소 짓는다. "여기서 쌓은 아름다운 추억들이 많지." 야닉이 말한다. 그 말을 들은 내 시선이 자연스레 그의 넓은 가슴으로 향한다.

이 집에서 정말 믿을 수 없을 만큼 좋은 추억을 많이 쌓았다. 우리의 첫 키스, 우리의 첫날밤. 우리의 입술이 맞닿을 때의 느낌, 그가 내 살결을 만질 때 촉감과 내 안에서 일으킨 행복감. 키스와 별똥별.

"응, 그랬지."

우리 둘을 에워싼 이 공간에서 옛 추억이 되살아나는 듯하다. 나와 야닉의 눈이 마주친다.

"예전의 우리 둘 사이에는 확실히 뭔가가 있었지." 그가 마른침을 삼키더니 갑자기 내 눈을 뚫어질 듯 응시한다. "안타까워, 그렇게 끝나버렸다는 게. 내가 항상 바랐던 건, 우리 둘이… 그러니까, 우리 사이가 영원하기를 바랐어." 몇 초간의 침묵이 흐르고 그가 속삭인다. "만약 그 일이 일어나지 않았더라면, 우리가 **영원히** 함께할 수 있었을까 스스로 자주 물어보곤 했어. 우리가 그려왔던 그대로, 그렇게 지낼 수 있었을까."

야닉이 나를 쳐다보고, 나는 예상치 못했던 그의 말 때문에 숨이 막혀온다. 야닉이 자신에게 던졌다던 그 질문은 나 역시도 자주 남몰래 자문하곤 했었다.

뭐라고 답을 해줘야 하는 걸까?

"오, 야닉." 나는 숨소리와 같이 작은 목소리로 그의 이름을 부른다.

"미안해, 엠마. 방금 그 말은 하는 게 아니었는데. 잊어줘."

하지만 그의 말이 이 방 안을, 그리고 내 머릿속을 맴돈다. 마치 별들처럼 하늘에 걸려서 그렇게 쉽고 간단하게 사라지지 않는다. 그렇게 하고 싶어도, 그렇게 되지 않는다.

나는 애써 다른 생각을 하기 위해 시계를 쳐다본다. "11시가 넘었잖아. 시간이 벌써 이렇게 됐네. 이미 네 시간은 충분히 뺏었으니까, 나는 이제 그만 호텔로 가 봐야겠다." 내가 자리에서 일어났더니 야닉도 나를 따라 일어난다.

"시간을 뺏은 게 아니야, 엠마. 솔직히 얘기하자면 네가 와줘서 기뻐. 이제 그럴 때도 됐었지."

"나도 기분 좋다."

나는 그의 팔에 조심스럽게 손을 얹고 아주 살짝 그의 팔 근육을 쓰다듬는다. 그와 눈이 마주치자 심장이 정박자를 벗어나 콩닥거리기 시작한다.

"지내고 있는 호텔은 어디야?" 야닉이 묻는다.

"기차역 바로 옆에 있는 곳이야. 이비스 호텔."

"그래, 알았어. 그럼 내가 데려다줘야겠다."

"뭐? 아니야, 그러지 않아도 돼." 그를 말리려 해본다. "여기서 멀지도 않은데."

하지만 그의 눈빛은 거절을 허락하지 않는다. "거절은 거절할게. 이미 너무 어두워졌는데 혼자 가야 하잖아. 내가 태워줄게."

하늘에는 별이 촘촘하게 박혀 있다. 기가 막힐 정도로 아름다운 밤이다. 나는 작은 차고에서 자전거를 끌고 나오는 야닉을 바라본다. 짙은 파란색에 완벽한 레트로 스타일. 요즘 시대의 물건이 아닌 것 같은 자전거다.

"안녕 페가수스, 보고 싶었어." 야닉이 자신의 자전거를 내 앞으로 가져와 세운다. 나는 오랜만에 만난 친구를 마주한 것처럼 미소와 함께 인사를 건넨다. 아직도 이 자전거를 갖고 있다니.

내가 자전거를 쓰다듬자 야닉이 웃으며 말한다. "페가수스도 널 그리워했어. 무척이나 보고 싶어 했지."

얼굴이 달아오르는 게 확연히 느껴진다. 지금 내 얼굴 전체가 눈에 띌 정도로 빨개지지 않았다면, 적어도 볼만큼은 발그레해졌을 것이다. 사방이 깜깜해서 다행이다. 야닉이 눈치채지 못하기를 바랄 뿐이다.

"그래서 진짜 이걸로 날 호텔까지 데려다주려고?"

"물론이지. 왜, 안 돼?"

왜 안 되냐고? 왜 안 되냐고 묻다니. 그 질문에는 천 개도 넘는 답변을 댈 수 있다. 예를 들면 이 자전거를 함께 타는 것만으로도 우리의 옛 기억이 너무 많이 떠오를 게 분명하기 때문이지.

긴장감이 나를 서서히 조여온다. "우리 예전에는 정말 자주 함께 자전거를 탔었는데." 내가 생각에 잠긴 채로 말한다. "그런데 지금은… 마지막으로 자전거 탄 게 언제였는지조차 기억나지 않아."

"그럼 더더군다나 태워줘야겠네, 이제 다시 타볼 때도 됐잖아. 어서 가자!"

그가 미소 짓는 순간 온몸에 전율이 느껴진다. 내가 살짝 떨고 있는 것을 눈치챈 야닉이 묻는다. "지금 추워?"

"그냥 조금. 괜찮아, 문제없어."

하지만 야닉은 내 대답을 제대로 듣지도 않은 채 이미 셔츠의 단추를 끄르고 있다. 그러더니 이내 자신의 옷을 머리 위로 벗어 나에게 건넨다. "이거 입어, 안 그러면 나까지 추워질 거 같아."

처음에는 야닉이 상체에 아무것도 걸치지 않은 채 서 있는 모습을 보게 될까 봐 깜짝 놀랐다. 하지만 그건 내 소원이었을 뿐이다. 아무렴 그가 위에 아무것도 걸치지 않은 상태로 자전거를 타고 시내를 가로지르려고 했을까! 잠시나마 그런 생각을 했던 게 정말 부끄러워지는 순간이다. 야닉은 당연히 그 아래 다른 옷을 받쳐 입고 있었다. 몸에 달라붙는 하얀색 티셔츠였는데 야닉의 단단한 상체가 유혹적으로 드러나는 옷이었다. 아, 이런!

영원처럼 느껴지던 시간이 지나가고, 나는 그가 건넨 옷을 주섬주섬 걸쳐 입은 뒤 자전거 안장 앞쪽에 오른다. 야닉은 내 바로 뒤인 안장 위에 자리를 잡는다. 그의 몸이 내 등에 밀착된 것이 느껴진다. 순간 그의 향기가 사방에 퍼지고, 코끝에서 맴돈다. 어디서든지 야닉을 떠올리게 하는 향기. 나를 그가 있는 곳으로 순간 이동시키고, 꽉 붙잡고 놓아주지 않는, 배 속 깊은 곳까지 행복감으로 가득 채우는 특별한 그의 향기.

"자, 그럼. 준비됐어?" 그가 내 귀에 속삭인다. 그의 목소리는 나를 감싸고 있는 이 옷만큼이나 편안하고 따뜻하다. 야닉이 내쉬는 숨이 목덜미에 닿는 것이 느껴지고, 그의 턱은 내 머리에 닿아 있다. 나는 이 순간을 즐긴다. 지금 내 안에서 무슨 일이 일어나고 있는지는 모르겠지만 야닉이 이렇게 가까이 있고 그를 느낄 수 있다는 사실이 너무 좋다.

"꽉 잡아." 야닉이 속삭이더니 페달을 밟기 시작한다.

내 머리카락이 바람에 흩날리고, 나는 야닉과 함께 꽃향기가 섞인 싱그러운 5월의 공기를 맡으며 좁은 골목길과 도로를 번갈아 달린다. 이렇게 다시 야닉과 함께 있는 시간이 익숙하고 편안하기도 하지만, 동시에 예전과는 다른 새로운 기분이 들기도 한다. 다소 혼란스러운 기분이다.

내 머릿속에는 수천 가지의 질문이 떠오른다. 다른 누구보다 나 자신에게 던지고 싶은 질문들이다. 그 일이 일어나지 않았다면 우리는 지금까지 함께일 수 있었을까? 혹은, 내가 이곳을 떠나지 않았다면 그럴 수 있었을까?

이윽고 야닉이 호텔 앞에서 멈춘다. 나는 자전거에서 폴짝 뛰어내린다. 여기까지 오는 길이 아주 짧게 느껴졌다. 짧아도 너무 짧다. 이렇게 금세 지나가 버리다니. 매우 아쉽다.

야닉은 얼굴에 미소를 띠며 나를 쳐다본다.

"저녁 잘 먹었어. 그리고 갑자기 불쑥 찾아왔는데도 시간 내줘서 고마워. 정말 좋은 시간이었어."

"응, 나도 정말 즐거운 저녁이었어. 와줘서 고마워." 부드러운 그의 목소리를 들으니 다시 십 대였던 때로 돌아간 듯한 기분이다. 마치 우리가 처음 버스 정류장에서 마주쳤던 그때, 아니면 청년 활동에서 만났던 그 날처럼.

"야닉?"

"응?"

"음, 나 며칠 더 여기 머무를 예정인데, 내 말은… 너는 내가 첫 키스를 했던 사람이고, 또 나를…" 나는 당황해서 하던 말을 마무리 짓지 못하고 끊어버린다. 대신 그에게 조심스럽게 묻는다. "우리 또 만나서 시간 보낼 수 있을까? 당연히 네가 시간이 되고, 그럴 마음이 있다면 말이야."

그는 생각에 잠긴 듯 하늘의 별들을 바라보다가 다시 나를 쳐다본다. 혹시 그러고 싶지 않은 걸까?

야닉이 드디어 미소를 띠며 답한다. "응, 그러자."

내 심장은 이제 완전히 제 박자를 벗어나 뛰기 시작한다. 그를 다시 만나는 것이 어느 모로 보나 원칙에 어긋난다는 사실을 잘 알고 있다. 옛 감정을 다시 불러일으키려는 것이 이번 방문의 목적이 아니라면 말이다. 게다가 나는 완전히 다른 사람으로 탈바꿈하길 원했는데. 하지만 무엇보다 그저 잠깐이라도 야닉과 조금 더 시간을 보내고 싶은 마음이 강했다.

"간단한 **블런치** 함께 먹는 건 어때?" 야닉이 묻는다. "세상에서 제일 맛있는 팬케이크를 만들 수 있는 사람을 알고 있어. 어때? 언제 시간 돼?"

블런치라니. 오랜만에 듣는 단어에 웃음부터 나온다. 블런치는 브런치가 사실 따지고 보면 아침보다는 점심 식사에 가깝다는 사실을 뒤늦게 깨달은 우리가 예전에 만들어냈던 단어다.

"응, 그거 좋지."

"그래. 그럼 내일 열두시 반? 우리 집에서 볼까?"

"딱 좋아. 그럼…"

그와 작별인사를 해야 하는데 어떤 식으로 인사를 하는 게 좋을지 모르겠다. 멍청하기 짝이 없군.

나는 서둘러 야닉의 셔츠를 벗어서 건네주며 그의 볼에 가벼운 키스를 한다. 그리고 그가 내 행동에 어떤 식으로든 반응하기 전에 재빠르게 뒤돌아 호텔의 입구 쪽으로 가버린다.

"엠마!"

야닉이 부르는 소리에 흠칫 놀란 나는 속으로 얼어붙은 마음을 숨긴 채 어깨너머로 그를 다시 바라본다.

"네가 와줘서 정말 좋아."

야닉이 자전거에 올라타고 멀어지는 걸 보니 다시 한번 심장이 미친 듯이 쿵쾅거리기 시작한다.

"내일 봐." 나는 그에게 들릴 리가 없는 걸 알면서도 속삭인다.

그 순간, 맑고 온화한 기운이 가득한 5월 어느 날 밤중에 내 안에서 무언가가 깨어났음을 느낀다. 그건 지난 몇 년간 마음속에 꾹꾹 눌러 담아두었던 그리움이었다.

어떤 길이 맞는 걸까?

카드키를 꽂자 호텔 방 문이 열린다. 방안은 아주 고요하다. 나는 키를 꽂아 불을 켠 뒤 잠깐 그 자리에 서서 주변을 둘러본다. 오늘 하루 동안 무슨 일이 일어난 거지?

알렉스. 누군가가 쏜 화살처럼 머릿속에 갑자기 알렉스 생각이 빠르게 스친다. 뉘른베르크에 도착하자마자 전화하기로 약속했었는데.

지금 전화해볼까? 재킷 주머니에서 재빨리 핸드폰을 꺼내 들고 알렉스의 번호를 누른다.

"여보세요, 알렉스, 잘 있어?" 그가 전화를 받자마자 내가 묻는다.

"안녕. 응, 잘 있지. 많이 늦었네. 어딜 그렇게 돌아다닌 거야?"

그러게, 난 어딜 그렇게 돌아다닌 거지?

"이야기가 길어. 오늘 옛 친구들 집에 좀 다녀왔어. 여자 한 명과 남자 한 명. 그래서 좀 늦어졌어."

"남자 한 명이라." 그는 내 말을 되풀이하긴 하지만 여기에 대해 더 자세히 묻지는 않았다. 하지만 알렉스가 신경 쓰고 있다는 사실을 목소리에서 알아챌 수 있다.

"너는 오늘 하루 어떻게 보냈어? 미팅 있다고 하더니 잘됐어?" 내가 재빨리 화제를 바꿔본다.

그는 잠시 침묵한 뒤 말을 잇는다. "괜찮았어. 너, 뉘른베르크에는 더 오래 있을 예정이야?"

그러게, 좋은 질문이네.

알렉스의 질문이 머릿속에서 울린다.

"응, 여기서 며칠 더 머무르려고."

"그래. 네가 원하는 만큼 있다가 와." 알렉스가 깊은숨을 내쉰다.

어쩐지 이 모든 것이 미안해진다. 알렉스는 사랑스럽고 이해심이 많은 사람이다. 그와 함께한다면 행복하게 지낼 수 있을 것이다. 하지만 일단은 내가 정말 그것을 원하는지, 그게 아니라면 내가 원하는 건 대체 무엇인지부터 알아내야 한다.

"오늘은 하루가 무척 길었어. 이제 그만 끊는 게 좋겠다. 너도 좀 쉬어야지." 알렉스가 말한다. "잘 자, 엠마. 너의 코 고는 소리가 벌써 그립다."

내가 웃으며 답한다. "말도 안 돼, 내가 무슨. 너도 잘 자."

그리고 전화를 끊는다.

알렉스. 나는 알렉스가 정말 좋지만, 그를 사랑하는 건가? 그를 사랑하는 감정이 내 안에 있나? 지금 알렉스가 그리운가?

오늘 야닉과 있을 때 느껴졌던 그 감정은 뭐지? 그 감정들은 뭘 의미하지?

옛 감정들이 다시 떠오른 것뿐이야, 엠마. 확실해. 마음을 다잡아 보려 하지만, 실은 나 자신조차 이 생각에 동의할 수 없다.

이 모든 생각은 일단 접어둔 채 욕실로 간다. 머리가 빙빙 도는 기분이다. 나는 얼굴에 차가운 물을 좀 뿌리려고 수도꼭지를 틀어둔다. 얼굴을 식히니 조금은 상쾌해진 기분이다. 나는 잠시 멍하니 거울 속의 나를 바라본다.

참 즐거운 저녁이었다. 야닉을 만난 것은 잘한 일이었다. 우리 둘 사이에는 지난 몇 년간 너무도 많은 것이 불확실한 채로 남아 있었다. 아직도 해결해야 할 일들이 남았지만 그나마 한 걸음 앞으로 나아갈 수 있었던 것이, 그와 이야기할 수 있었던 것이 기쁘다. 당시의 나는 그저 황급히 떠나기 바빠서 이 모든 것을 미뤄두기만 했었으니까.

오늘 하루는 모든 면에서 새로운 시작의 첫걸음이다. 야닉은 내가 잊고 있던 것, 묻어두었던 것 중 많은 것을 기억나게 했다. 그중 하나가 사진이었다. 그는 내 인생에서 커다란 사랑을 느꼈던 순간들, 행복하고 유쾌했던 기억들을 상기시켜줬다.

나는 깨끗하게 샤워를 마친 후 욕조에서 나와 부드러운 침대 위에 눕는다. 텔레비전을 켜고 방송 중인 프로그램들을 쭉 훑다가, 이내 다시 꺼버린다. 지금은 무언가를 더 받아들일 수 있는 상태가 아니다. 나는 옆으로 누워 오늘 하루 일어났던 일들을 다시 머릿속에서 재생해본다.

내 안 깊은 곳의 나는 생각했던 것보다 더 많이 아멜리에와 야닉, 그리고 뉘른베르크를 그리워했나 보다. 종종 사람들은 자신이 무언가를 그리워한다는 사실을 인지하지 못하다가 그 무언가를 다시 찾고 나서야 비로소 그 그리움에 대해 자각한다.

나는 아멜리에와의 대화, 야닉과의 만남, 그와 같이 요리하고 식사하던 순간, 밤중에 자전거를 함께 타고 달리던 시간을 떠올린다. 나에게 큰 울림을 준 그 작은 순간들.

나는 편안하고 흐뭇한 기분으로 따뜻한 이불 속을 파고든다. 코끝에는 여전히 야닉의 향기가 남아 있는 듯하다. 나는 그 향기를 들이마신다.

또다시 수많은 그림이 머릿속을 맴돌고, 나는 의식하지 못하는 사이 스르륵 잠이 든다.

＊＊＊

"엠마, 이리 와. 안에 아무도 없어!"

야닉이 나를 향해 외치는 목소리가 들려오던 순간, 나는 집 앞에 서서 별을 보고 있었다. 나는 야닉의 목소리를 듣자마자 그에게로 달려가 팔에 안겼다.

"네가 먼저 안으로 들어가." 야닉이 귀에 대고 속삭인다. "대신 안에 들어가고 나면 눈을 감아야 해. 알았지?"

"또 뭘 하려고 그러는 거야?"

"그냥 그렇게 하겠다고 약속해줘. 꼭."

"알았어."

야닉이 우리의 비밀 출입구를 막아주는 판자를 옆으로 치워 틈을 만들어주는 동안, 나는 창문을 통해 집 안으로 들어간다.

"내가 널 아니까 하는 말인데, 눈 살짝 뜨는 것도 안 돼!"

"알았어, 걱정하지 마!"

야닉도 나를 따라 집 안으로 들어오고, 나는 그때까지도 눈을 감고 있다. 야닉이 가까이 다가왔다고 느껴지던 그 순간, 그가 내 손을 잡는다.

"조심해, 이제 작은 계단이 하나 나올 거고, 그다음에는 위로 올라갈 거야."

익숙하게 삐걱거리는 나무 바닥을 지나서 계단을 오를 때까지 야닉이 나를 이끈다. 그다음에는 왼쪽으로 꺾고, 거기서 몇 발자국 더 걷다가 멈춰 선다.

"조금만 더 기다려."

바스락거리는 소리와 덜커덩거리는 소리가 난다. 뭘 하려는 거지?

"좋아, 이제 준비됐어."

나는 아주 천천히 눈을 뜬다. 주변에 놓인 물체들 형체가 서서히 분명해진다.

“우와! 꼭 별 위를 걷는 것 같아!” 야닉이 뭘 준비했는지 그제야 알게 된 내가 소리친다.

“네가 그랬잖아, 하늘에서 별들을 가져오라고.”

방 안에 있는 모든 것이 빛나고 있다. 야닉이 천장과 바닥에 빛나는 조명을 설치해두었기 때문이다.

“이건 정말… 와, 야닉, 정말 아름다워! 이렇게 꾸미느라 진짜 오래 걸렸을 텐데.”

그가 손사래를 치며 말한다. “너를 위해서라면 집안 전체를 조명으로 도배할 수도 있어.”

“넌 미쳤어. 혹시 누가 너 미친 것 같다는 말 안 해?”

“안 그래도 네가 매일같이 친절하게 일깨워주잖아.” 야닉이 나에게 다가와 팔을 두르고 꽉 껴안는다. “그리고 그게 바로 내가 너를 사랑하는 이유지. 그리고 언젠가는, 내가 너한테 약속하는데, 언젠가는 우리 둘이 이 집에서 함께 살게 될 거야. 너는 사진 작업실을 갖게 될 거고, 우린 함께 부엌에서 요리도 할 거야. 이 위를 침실로 꾸미고, 우린 원할 때마다 별을 보며 살 거야. 그리고 수만 가지 소중한 순간을 맞이할 때면 너를 위해 이 집을 반짝반짝 빛나게 만들 거야.”

“정말 그렇게 될 수 있으면 좋겠다.” 내가 목이 멘 소리로 속삭인다.

우리는 바닥에 앉아 공간을 밝히고 있는 조명을 살펴본다. 나는 이 꿈 같은 순간을 붙잡아두기 위해 가방에서 주섬주섬 카메라를 꺼내 든다. 파인더를 보며 초점을 맞추고 셔터를 몇 번 누른다. 작품사진이 되지는 못하겠지만 나에게는 영원히 붙잡아두고 싶은, 가장 아름다운 순간을 담은 사진으로 남을 것이다.

"언젠가는 네가 찍은 사진들을 이 집에 걸어둘 거야." 내가 몇 번 더 사진을 찍자 야닉이 말한다.

나는 카메라를 옆에 내려두고 그의 품속으로 파고 들어간다. "꼭 여기가 아니더라도, 다른 곳 어딘가에서라도…."

"그래. 그렇게 될 거야, 약속할게." 그는 두 손가락으로 내 손등 위를 걷는다. 가볍고, 부드럽고, 다정하게.

나는 그가 있는 쪽으로 고개를 돌려 그의 입술을 찾는다. 따뜻한 별 조명이 그의 입술을 비추고 있다. "야닉, 널 원해." 나는 그의 가슴에 손을 올려놓는다. 그리고 동시에 날뛰고 있는 내 심장을 진정시켜 보려고 애쓴다. 배 속에서는 이미 흥분한 나비들이 이리저리 춤을 추고 있다.

"나도 널 원해." 그의 손은 내 등 위를 쓰다듬다가 천천히, 그리고 부드럽게 셔츠 안으로 들어온다. 나는 그가 내 옷을 머리 위로 잡아당겨 벗길 수 있도록 팔을 올린다.

조명과 촛불이 가물거리고, 가슴 속 내 심장은 터져버릴 것만 같다. 야닉은 부드러운 손길로 내 등을 쓰다듬다가 속옷의 끈을 푼다. 그가 나를 소중히 보호하고 있다는 느낌이 들면서 나는 말로 설명할 수 없는 어떤 확신을 느낀다.

야닉은 내 목을 시작점 삼아 아래쪽으로 내려오며 키스한다. 야닉의 입술이 내 쇄골을 지나 가슴으로 내려가는 동안, 내 배 속은 너무 간지럽다.

난 준비가 돼 있고 그를 원한다. 어떤 일에 있어서 이 정도로 확신이 들었던 적은 없었다.

다리로 야닉의 허리를 감싸고, 나를 내려놓은 채 온전히 그를 느낀다. 숨이 가빠지고, 조금 전까지 느껴지던 고통은 사라진다. 그가 내 몸을 수도 없이 많은 키스로 뒤덮는 동안 나에게는 따뜻한 느낌만이 남는다. 우리의 몸은 촛농처럼 녹아버리고, 내 눈에 보이는 건 오로지 별빛뿐이다.

***

나는 눈을 뜨고 방금까지 꾸었던 꿈과 실제처럼 느껴지는 기억 사이를 비틀거린다. 심장은 심하게 뛰고 있고, 몸은 흠뻑 젖어 있다. 모든 것이 꿈이었고, 따뜻한 기억일 뿐이었다는 것을 깨닫기까지는 시간이 걸렸다. 나는 생각에 잠겨 내 입술 주변을 만져본다. 야닉의 입술이 아직도 생생하다. 그의 손길도 느껴지고, 눈앞에는 별들이 어른거리는 것 같다.

어떻게든 다시 정신을 차려야 한다. 괜찮아, 흥분할 필요 없어.

게다가 야닉에게는…

아니다. 야닉에게 다른 여자가 있다는 사실에 대해서는 생각하고 싶지 않다. 어쨌든 그 생각을 잠시 떠올리니 바로 진정된다.

나는 천천히 몸을 일으켜 앉아 방안을 둘러본다. 방 안에 퍼져 있는 향을 맡으니 지난밤이 다시 떠오른다. 식사하면서 나누었던 이야기, 밤에 자전거를 타고 도시를 가로지른 일, 같이 웃으며 보냈던 시간. 이 모든 것들이 너무 좋았다. 그 기억들을 조금 더 붙잡아두고자 애쓴다. 그저 잠시만 더.

아침 햇살이 커튼 사이를 비집고 들어오는 것이 보인다. 창밖을 보기 위해 자리에서 일어나 커튼을 젖힌다. 햇살을 보아하니 날씨가 좋은 하루가 될 것 같다. 저 아래에 몇몇 사람이 벌써 부지런히 움직이고 있는 것이 보인다.

예전의 나는 야닉과 자주 시내를 돌아다녔다. 우리만의 장소, 우리만의 순간들이 생겨났다. 오로지 사진 촬영을 위해 시내에 나와 우리 눈에 예뻐 보이는 장소들을 사진으로 담기도 했다. 그 기억들을 떠올리니 입가에 웃음이 번진다. 우리가 함께했던 순간들이 너무도 많이 떠오른다. 축제가 있던 날 관람차 안에 앉아 발아래로 도시를 내려다보던 기억도 있다. 클럽에 춤추러 갔던 기억, 둘 중 누가 옳은가에 대해 의견이 맞지 않아 싸우던 기억도 있다. 우린 그러다가도 바로 다시 화해하곤 했다.

한번은 싸운 뒤에 성 위에 올라 일출을 본 적도 있다. 그날은 밤새워 놀던 중에 어떤 바텐더가 야닉에게 유혹하는 눈빛을 보내는 것을 발견한 내가 질투심을 느껴 싸웠던 날이다. 나는 화가 나서 우리가 있던 바에서 나와 성으로 올라갔는데, 야닉도 뒤쫓아 나와 결국엔 나를 찾아냈다. 우리는 화해한 뒤에 같이 성벽에 기대어 서서 하늘을 바라봤다. 그때 하늘이 서서히 노란빛으로 밝아지며 다시 새로운 날이 찾아오는 것을 보았다.

큰 행복감을 느끼던 순간이었다.

하지만 이 모든 기억은 까마득한 옛날 일들처럼 느껴진다. 마치 오래전에 살았던 다른 사람의 삶에 대해 생각하는 것 같은 느낌이다.

나는 커튼을 모두 완전히 젖혀 방안을 햇살로 가득 채운 뒤 다시 침대로 가 앉는다. 벌써 8시 반이다. 나는 왓츠앱 메시지를 확인하기 위해 핸드폰을 찾는다. 첫 번째 메시지는 알렉스가 보낸 것이다.

알렉스 아이히홀츠

마지막 접속 시간 08:04

좋은 아침이야, 엠마.

즐거운 하루 보내길 바라. 네 생각하고 있어.

〈3

아멜리에도 메시지를 통해 어제 야닉과의 만남이 어땠는지를 묻고 있다.

좋은 만남이었어,라고 메시지를 보내자마자 바로 답장이 온다.

통화할래?

절로 미소가 나온다. 꼭 예전 같다. 나는 답을 보내는 대신 아멜리에의 번호로 전화를 건다.

"안녕. 잘 잤어?" 활짝 웃는 목소리로 아멜리에가 묻는다.

"음, 밤새 걱정에 시달리기는 했지만, 잠은 잘 잤어."

그녀는 바로 다음으로 야닉의 집에서 어땠는지를 물을 것이다. 확실하다.

아멜리에의 질문은 내 예상을 비껴가지 않는다. "솔직히 말하면, 궁금해. 어제 야닉 집에서 어땠어?"

나는 키득거릴 수밖에 없다. "그거 아니? 너랑 통화하니까 정말 좋다."

"얘기 좀 해봐! 어땠어?"

"막상 보니 굉장히 편했어. 만나기 직전까지는 완전히 긴장했었는데."

"같이 뭐 했어?"

"이야기하고, 같이 식사하고."

"그렇게 오랜만에 본 건데 어색하지는 않았어?"

"처음엔 그랬는데, 시간이 지나니까 괜찮았어. 야닉이 정말 다정하게 대해 줬어."

"와, 완전히 다른 야닉이었나 보네."

"무슨 뜻이야?"

"그게 그러니까, 내가 말했잖아, 야닉이 좀 이상해졌다고. 좀 내성적으로 변했달까, 그리고… 여자들한테 그다지 친절하지 않았어. 여자들이 야닉한테 아무리 매달려도."

그의 탄탄한 몸과 따뜻한 손에 대해 생각하니, 그가 원하기만 했다면 충분히 매일 다른 여자를 만날 수 있을 거라는 생각이 든다. 적어도 내 상상 속에서는 그렇다.

"네가 찾아와준 게 정말 기뻤나 보다. 또 만나기로 했어?"

내가 목을 가다듬고 말한다. "응, 야닉이 오늘 같이 **블런치** 먹자고 했어."

"**블런치**? 너희 둘 꼭 옛날로 되돌아간 것 같다."

"믿기 어렵지? 자기가 팬케이크 만들어주겠대."

아멜리에가 웃음을 터뜨린다. "야닉답다. 너한텐 뭐든 다 해줬잖아."

"응, 야닉다워." 기쁜 마음으로 가슴이 부풀어 오른다.

"그럼 뉘른베르크에 며칠 더 머무는 거야?"

"응, 일요일까지 여기서 지낼 생각이었어."

"정말 좋다. 그럼 우리 또 볼 수 있겠네. 지금은 가봐야겠어, 해야 할 일이 있거든. 계속 업데이트해줘야 해, 알았지?"

"그럴게, 나중에 봐."

아멜리에와 이렇게 편하게 통화할 수 있다는 사실, 그리고 내 곁에 편한 친구가 있다는 사실이 참 좋다. 지금에서야 내가 지난 3년 동안 이렇게 편한 친구 사이를 무척 그리워했다는 사실을 깨닫는다. 그간 아멜리에와 더 가까이 지낼 수도 있었겠지만, 나는 무슨 이유에서인지 그렇게 되는 것을 원하지 않았다. 그때 우리 둘 사이에 거리를 만들어냈던 것은 나였다. 이제 와 돌이켜보니 그때가 정말 먼 과거의 일처럼 느껴진다.

이제 맑은 머리가 필요하다. 샤워를 하면 차분해질 수 있겠지.

잠시 후 부드럽고 하얀 목욕가운을 입은 상태로 거울 앞에 서서 머리를 빗는다. 그리고 여행 가방에서 오늘 입을 만한 옷을 찾는다. 옷을 왜 이렇게 조금 가져왔지?

그 사이 텔레비전에서는 관심 없는 것들에 대해 방송 중이다. 볼 일은 없지만, 너무 지나치게 긴장하지 않으려면 주변에 소음이 좀 필요하니 켜두기로 한다.

결국 하얀색 블라우스와 짙은 색의 짧은 청바지를 입기로 한다. 갈색 통굽을 신어서 키가 조금 더 커 보인다. 나는 거울 속의 나를 만족스러운 눈빛으로 바라본다. 옷을 충분히 챙겨오지 않은 것을 감안하면 나쁘지 않은 모습이다. 이 정도면 야닉을 만나도 괜찮겠어.

다시 야닉을 만나러 길을 나서기 전에 핸드폰을 집어 들어 알렉스에게 답장을 보낸다.

너도 좋은 하루 보내길 바라.

쪽

분명 긴 메시지는 아니다. 지난 몇 년간 알렉스와 나는 이렇게 짧은 메시지를 자주 주고받았다.

알렉스는 다정한 사람이다. 잠깐 그와 함께 보낸 시간들을 떠올려본다. 우리가 함께 보냈던 저녁, 이탈리아 레스토랑에 앉아 있던 시간, 그리고 함께 DVD를 보던 기억. 특별할 건 없지만 충분히 즐거웠던 소소한 일상이고 그 속의 나는 혼자가 아니라서 기뻤다. 우리는 친구로서 항상 서로를 신뢰할 수 있는 사이였다.

앞으로는 어떻게 될까?

다시 한번 깨닫는다. 이곳에서 모든 것을 정리해야만 새로 시작할 수 있다. 그래야만 내 인생이 어떤 방향으로 나아가게 될지 알 수 있기 때문이다.

야닉일까? 아니면 혹시 알렉스일까? 과거일까, 미래일까?

어떤 길이 맞는 걸까?

추억을 위하여

시계가 9시 반을 가리킬 즈음, 기대와 설렘을 가득 안고 호텔에서 나와 도심 방향으로 향한다. 짧게라도 도시를 둘러보고 싶은 마음에 조금 일찍 길을 나섰다. 나는 아침 햇살이 내 살갗에 닿아 반짝거리면서 활력을 불어넣는 기분을 즐기며 도시를 거닌다.

뉘른베르크가 나를 미소로 맞이하는 듯하다. 나도 여기에 미소로 답한다. 주변에는 브라트부르스트*의 익숙한 냄새와 여름의 향기가 가득하다. 마치 제대로 된 환영 인사를 받는 기분이다.

설레다 못해 떨리는 마음으로 로렌츠 교회 쪽 길을 따라 산책한다. 교회 앞에서는 거리 예술가가 기타를 연주하고 있다. 나는 음악 소리를 들으며 깊게 숨을 들이마신다. 그러다 보니 옛 기억이 떠오른다.

수년 전에 도시를 거닐며 셀 수 없이 많은 사진작품을 촬영했던 기억이 난다. 그 당시 나는 뉘른베르크의 아름다움을 카메라에 담아 사진으로 이야기를 만들겠다는 비전이 있었다. 나의 고향에 숨겨진 비밀들을 나만의 특별한 방식으로 풀어내고 싶었다. 그 프로젝트는 결

* 독일 길거리에서 간식으로 흔하게 판매되는 소시지의 일종

국 마무리 짓지 못한 채 끝나버렸다.

교회의 북쪽 첨탑 쪽, 악마의 분수 쪽으로 걸어가자 잠자고 있던 기억 속의 또 다른 장면 하나가 눈앞에 펼쳐진다. 그 속에는 나와 야닉이 있다.

나는 그때 야닉이 카드게임에서 속임수를 썼다고 생각해서 그와 싸웠다. 화가 잔뜩 났던 나는 야닉을 이 작은 분수 앞으로 데리고 왔다. 우리가 열여덟 살이었을 때의 일인데, 지금 돌이켜보면 그렇게 어린 나이가 아닌데도 참 애들처럼 어리석었다.

* * *

"거짓말하면 악마가 잡아가는 거 알고 있지?"

야닉이 당황한 얼굴로 나를 쳐다본다. "악마가 나를 왜 잡아가?"

"그래서 이 분수를 악마의 분수라고 부르잖아. 사기 치거나 거짓말하면 저기 있는 저 소년처럼 악마한테 잡혀가는 거야. 쟤 보이지?" 작은 소년을 둘러업고 날아가는 악마의 형상을 가리키며 내가 말한다.

"야닉, 한 번만 다시 물을게. 게임할 때 속임수 썼어, 안 썼어?"

야닉은 절망의 눈빛으로 하늘만 쳐다보다가 악마를 다시 한번 자세히 살피더니 이내 입을 연다. "그래, 속임수 썼어. 됐어?"

"됐어." 내가 키득거린다. "넌 진짜 겁쟁이야…."

* * *

그 기억이 너무도 생생해서 웃음이 난다.

잠깐 그곳에 서 있다가 중앙시장 쪽으로 발걸음을 돌린다. 작은 상점들을 배회하면서 몇몇 가게를 둘러본다.

이 모든 게 참 단순하고 편안하게 느껴진다. 동시에 비현실적인 느낌도 든다. 내가 뉘른베르크에 있다니. 야닉에게 **블런치** 초대를 받다니.

알브레히트 할아버지의 편지와 할아버지가 남긴 다정한 말들을 떠올리며 계속 걷고 있던 그때, 빙클러 거리 모퉁이의 작은 가게 하나가 눈에 들어온다. 나는 무의식적으로 그 앞에 멈춰 선다. 내가 카메라 부품을 사러 자주 오던 가게인데, 변함없이 여전히 예전과 같은 모습이다.

배 속이 간지러워진다.

들어가서 좀 둘러볼까? 그냥 지나는 김에 가볍게 한번 들어가서 이것저것 구경만 하자.

그래, 안 될 거 뭐 있어?

가게 안으로 들어가 진열된 사진들 사이를 어슬렁거린다. 머릿속이 자동으로 반응한다. 더 나은 사진을 찍을 아이디어들이 떠오르기 시작한다. 빛이 더 있었으면 좋았을 부분이 어디지? 좀 더 효과적이고 강한 인상을 주기 위해서는 어떤 모티브를 배치할 수 있었을까?

그렇다, 사실은 나도 사진을 찍던 예전이 그립다. 하지만 그리운 마음도 잠시, 갑자기 밀려오는 고통에 정신이 번쩍 든다.

아냐, 난 절대 사진을 찍을 수 없어. 절대 다시 못 해. 그건 그냥 말이 안 되는 거야. 사진은 과거의 일일 뿐이야!

나는 가게에서 뛰쳐나와 깊은숨을 쉰다.

고통스러운 생각을 다른 생각으로 밀어내기 위해 그 옆 비누 가게로 들어간다. 상점 안은 향긋한 비누 냄새로 가득하다. 무척이나 친절한 주인과 함께 비누를 고르다 보니 조금 전 사진 가게에서 있었던 일과 그때의 기분은 금세 잊는다. 뉘른베르크는 자신의 매력을 온전히 발산하고 있었다. 나는 따스한 햇살을 만끽하며 구(舊)시청 옆을 지난다. 기분이 날아갈 것만 같다. 이곳은 베를린과는 정말 다르다. 더 낫다는 뜻이 아니라, 확연히 다르다. 아마도 내가 이 도시에서 너무도 많은 일을 겪었기 때문이겠지. 이 도시에서 청소년기를 보냈다는 사실은 내 몸 어딘가에, 어떻게든 각인되어 있으니까.

십여 분 뒤, 나는 야닉 집 앞에서 초인종을 누른다. 벨 소리를 듣고 바로 나온 야닉이 문을 열어줬다. 그는 무릎 밑까지 걷어 올린 진한 빛깔의 청바지와 몸에 달라붙는 파란색 티셔츠를 입고 있다. 그의 잘 단련된 상체가 무척이나 도드라져서, 나는 잠시 숨이 멎을 지경이다. 그를 보면 내가 아직도 이렇게 설렌다는 사실을 야닉은 모르고 있어야 할 텐데.

"안녕." 야닉의 입 모양이 밝은 미소를 그린다.

야닉의 입술은 정말 육감적이다. 항상 보아오던 그의 입술인데, 지금은 유난히 눈에 띈다. 비단 입술뿐만 아니라, 그의 눈 또한 내 시선을 사로잡는다. 가능하다면 그 안으로 빠져들고 싶을 만큼 매력적이다. 야닉은 이안 소머헐더를 약간 닮았다. 그를 굳이 다른 남성과 비교해야 한다면 그 배우를 고르겠다. 어쨌든, 야닉의 눈빛은 내 심장을 두근거리게 한다.

"안녕." 우리는 조금 어색한 느낌으로 포옹을 나눈다. 나는 당황스러운 손짓으로 내 얼굴에 붙은 머리카락을 뒤로 넘긴다.

"지금 엄청나게 배고픈 상태인 게 좋을 거야." 거실로 들어서자 야닉이 말한다.

"얼마나 배고픈지 몰라! 곰처럼 먹을 수 있어. 아침에 시내에 가서 조금 걸었는데… 아, 뉘른베르크로 다시 돌아오니까 정말 좋아, 환상적이야."

야닉이 고개를 끄덕인다. "응, 시내를 거닐기에 완벽한 날씨지."

집안엔 무엇과도 비교할 수 없을 만큼 좋은 향이 가득 퍼져 있다. 갓 내린 커피와 향긋한 빵, 달걀과 베이컨 냄새. 야닉을 따라 부엌으로 들어가니 벌써 아침상을 예쁘게 차려두었다. 내가 원하는 모든 것을 차려놓은 상.

나는 놀란 눈을 크게 뜨고 처음에는 식탁과 야닉을 번갈아 쳐다본다. "이걸 다 날 위해서 차린 거야? 게다가 팬케이크는…" 딱 보아도 먹음직스럽게 갈색빛으로 구워진 팬케이크가 눈에 들어온다. 기쁨으로 심장이 두근거린다. "이런 아침상을 차릴 줄 아는 남자라면 모든 여자가 넘어갈 만하지." 무의식적으로 말이 튀어나와 버린다.

그런 장면을 떠올리니 잠시 마음이 아프다. 야닉이 다른 여자에게 아침을 차려주는 모습은 상상조차 하고 싶지 않다.

야닉. 그가 차린 훌륭한 아침 식사. 그는 항상 기쁜 마음으로 아침을 차려주곤 했지. 문득 마음이 뭉클해진다. 누군가가 나를 위해 이렇게 큰 정성을 쏟은 느낌을 받은 건 정말 오랜만이다.

"앉아." 야닉이 의자를 바로 놓아준다. "사실 평소에는 집에서 아침 안 차려. 너를 위해서 차린 거야."

방금 제대로 들은 게 맞나? 오로지 나를 위해 차렸다고?

내가 웃으며 자리에 앉는다. "이건 두 사람이 다 먹을 수 있는 양이 아닌 것 같은데."

"그냥 가능한 건 다 준비해봤어. 커피? 우유는 많이 넣고 설탕은 안 넣지? 예전처럼?"

"응, 예전처럼." 내가 작은 소리로 답한다.

"변하지 않는 것도 있다는 걸 확인하니까 좋네." 야닉이 내 잔에 커피를 부어주고는, 추가로 우유를 듬뿍 넣어준다. "그래, 어제는 잘 잤어?"

"정말 잘 잤어."

잠시 어젯밤 꿈에 대해 생각한다. 간밤에 내 머릿속을 파고든 옛 추억. 하지만 지금 눈앞에 벌어지고 있는 것은 분명 현실이다.

"이제 먹자. 맛있게 먹어."

야닉의 말을 듣자마자 바로 팬케이크를 접시로 가져온다. 그리고는 그 위에 잼을 발라 입으로 가져간다. 정말 맛있다! 거기에 커피까지 마시며 야닉과 신나게 대화를 나눈다.

"좀 전에 악마의 분수에 다녀왔어." 내가 먹으면서 이야기한다.

"맙소사, 거기! 내가 조금이라도 속이는 것 같을 때면, 네가 항상 날 거기로 데려갔는데. 그때는 우리 둘 다 확실히 바보들이었어." 야닉이 즐거운 표정으로 고개를 흔든다.

"나 그것도 기억나, 네가 그 근처 건물 정면에 조각된 용을 완벽하게 사진에 담겠다고 계속 찍어댔었잖아. 진이 다 빠질 정도였는데…. 정말 열성적이었지."

야닉은 그 추억을 떠올리며 웃지만, 내 속엔 격렬한 고통이 찾아온다. 나는 아무 말도 하지 못한다.

그런 내 모습을 본 야닉이 내 손을 잡으며 말한다. "엠마, 그럴 의도로 말한 건 아니야. 내가 무슨 뜻으로 말한 건지 너도 알잖아."

내가 손사래를 치며 말한다. "괜찮아, 네 말이 맞아. 내가 그랬었지. 그런데 시간이 지나면서 생각이 바뀌더라. 어떤 일에서는 완벽함이 도를 넘어서면 오히려 나쁠 수도 있다는 생각이 들어."

"아니야, 그렇게 생각하면 안 돼. 나는 네가 항상 열정을 쏟는 모습에 반했던 거야. 네가 사진에 완전히 몰두해 있는 모습이 좋았고, 네가 마음이 따뜻하고 솔직한 사람이라는 것도….” 그가 생각에 잠긴 듯 나를 응시한다. “사진촬영을 그만 둔 건 그때 그 일 때문이지?”

야닉이 그때의 일을 입 밖으로 꺼냈다.

입속이 바짝 마른다. 야닉의 물음에 어떻게 대답해야 할지 모르겠다.

“맞지?” 그가 재차 묻는다.

나는 말없이 고개를 끄덕인다.

“그때 일어났던 일은, 그건…” 야닉이 적절한 단어를 찾고자 애쓴다. “그건 받아들이기 어려운 일이었지. 심지어 지금 이 순간까지도 받아들이기가 힘들지만, 그건 너의 잘못이 아니야. 그 일 때문에 너의 꿈을 그렇게 버리지는 마. 부탁이야.”

내 눈에는 눈물이 고인다. 나는 눈을 깜빡거리면서 눈물을 흘리지 않으려고 애쓴다. 밀려오는 슬픔에 자리를 내주고 싶지 않지만, 뜻대로 잘 안 된다.

“엠마, 네가 찍은 사진들은 정말 놀라워. 네가 창조해낸 것들은 예술이야. 네가 그토록 좋아했던 일, 너를 충족시켰던 일을 다시는 하지 않는다면 미치도록 아쉬울 거야. 그건 너 자신을 너무 괴롭히는 일이야. 사진이 네 삶에서 얼마나 많은 부분을 차지했는지 내가 굳이 상기시켜줘야 할 필요도 없잖아?”

“예전에도 넌 그렇게 얘기해줬지… 내가 하는 일에 의구심이 들 때마다. 사진대회 기억나? 네가 아니었다면 영원히 참가조차 못했을 거야."

그가 미소 짓는다. "응, 기억나지." 그 순간, 내 심장은 원래의 박자를 벗어나 쿵쾅거리기 시작한다. "이리 와봐, 뭔가 보여줄게. 운이 좋다면 이게 사진에 대한 예전의 네 마음을 되찾아줄 수도 있을 것 같아."

야닉은 자리에서 일어나 나를 진지한 눈빛으로 바라보더니 내 두 손을 덥석 잡는다. 야닉. 내가 항상 기댈 수 있었던 남자이자 나를 지지해주던 사람. 3년 전, 내가 자신을 버리고 떠나려던 그 순간에도 나를 지탱해주려고 했던 사람. 야닉의 손길을 내가 얼마나 좋아하고, 얼마나 그리워했는지 그는 모를 것이다. 그의 손길은 내 심장을 부드럽게 자극한다. 마치 회전해야 하는 숙명을 지닌 팽이가 굉장히 오랜 시간 동안 멈춰 있다가 이제야 드디어 다시 돌기 시작하는 느낌이다.

그는 나를 당겨서 한 번에 의자에서 일으켜 세운다. 우리 사이의 거리는 갑자기 아주 가까워진다. 너무 가깝다.

"너한테 보여주려는 건 저 위에 있어." 야닉이 계단을 가리킨다.

위에? 저 위에? 저기라면 우리가 처음으로…

내 생각은 의지와 관계없이 스스로 상상의 나래를 펼치기 시작한다. 지금 무슨 상상을 하고 있는지 행여나 야닉에게 들킬까 봐 조마조마하다.

"너 먼저 가." 야닉이 옆으로 비켜서서 내가 지나가도록 길을 터 준다.

나는 긴장된 마음으로 한 계단, 한 계단 오른다. 그리고 드디어 위에 도착했을 때, 나는 내 눈을 믿지 못한다. 그저 말로 표현할 수 있는 수준을 넘어선 그 공간에 압도된다. 나를 기다리고 있던 것은 목재로 만든 아름다운 별 조명과 손으로 깎아 만든 서랍장뿐만이 아니다. 사진이다. 내가 예전에 찍었던 셀 수 없이 많은 사진이 모두 벽에 걸려 있다. 그 사진들은 과거의 이야기가 되어버린 나의 삶을 다시 눈앞에 보여주고, 나를 **집으로** 데려간다. 누군가가 아주 특별한 마법을 부려 놓은 게 분명하다. 그렇지 않고서 내가 이런 순간을 맞이할 수가 있을까.

나는 벽을 따라 사진을 둘러본다. 사진은 섬세한 디테일이 조각된, 다양한 모양의 나무 액자에 꽂혀 있다. 자세히 보니 나무 액자에 박힌 조각도 별들이다. 정성스럽고 예쁜 모습이다.

"내 사진들이잖아? 네가 다 보관해둔 거야?"

내 심장박동 소리가 빠르게 이어진다. 야닉이 이 공간에 수도 없이 했을 망치질을 연상시키는 리듬이다.

예전 그 낡았던 방을 이렇게 아름답게 바꿔놓다니, 놀랍기만 하다. 이 공간은 이제 과거의 순간들을 붙잡아둔 장면들로 가득 차 있다. 행복이 가득하고 마음을 뭉클하게 만들었던 우리의 추억의 순간들.

한 사진은 발가락이 모래 속에 살짝 파묻혀 있는 채로 모래밭 위에 놓인 우리들의 발을, 다른 사진은 깍지를 끼고 있는 두 손을 담고 있다. 그다음 사진 속 크레인은 마치 그 뒤 하늘에 걸려 있는 달을 붙잡으려는 듯하다.

그다음으로 내 눈에 들어온 사진 한 장. **별들로 가득한 방**. 이 사진은 내게 아주 특별한 의미를 지닌 것이다. 우리는 사랑을 나누었던 특별했던 순간들을 이렇게 부르곤 했다. **별이 뜨지 않는 하늘은 없어…** 이 사진은 내가 우리 둘만의 밤에 찍었던 사진이다. 그러니까, 우리가 이 방에서 사랑을 나누던 날, 그가 하늘에서 별을 가져다주던 날.

온몸에 전율이 흐른다. 전율과 함께 밀려온 격렬한 감정이 나를 사로잡는다. 나는 사진이 있는 쪽으로 가까이 다가가서 아주 자세히 들여다보다가 사진이 끼워진 별 모양 액자를 조심스럽게 쓰다듬는다.

"당연히 내가 다 보관했지." 뒤에서 야닉이 말하는 소리가 들린다. "이곳을 다 차지하고도 남을 만한 가치가 있는 사진들인걸."

나는 사진들에서 눈을 뗄 수가 없어 한 장 한 장 계속 들여다본다. 자연이 보여줄 수 있는 가장 경이로운 색깔 놀이인 일몰의 순간이 담긴 사진. 무지개 속으로 숨은 구름 사진. 밤에 찍었던 뉘른베르크의 스카이라인. 빗속에서 키스하고 있는 한 쌍의 남녀. 별이 선명하게 보이는 밤하늘. 너무나 큰 뿌리가 도드라져서, 사진을 찍던 그 순간에도 이 뿌리들이 던져주는 이야기는 무엇일까 상상했던 한 그루의 나무. 하트 모양의 돌. 이 돌을 찍었던 날도 분명히 기억한다. 우리는 어느 저녁에 함께 있을 때 이 돌을 발견하고는 뉘른베르크의 비밀스러운 사랑의 정원인 뷔르거마이스터가르텐에 이 돌을 숨겨두었었지. 그리고 페가수스 사진. 어제 내가 야닉과 함께 탔던, 그의 파란 자전거.

심장의 쿵쾅거림은 멈출 줄을 모른다. 내 안에서 어떤 일이 일어나고 있는지 도무지 알 수가 없다. 분명한 것은 지금 어마어마한 에너지가 내 몸에 흐르고, 이 에너지가 나를 꽉 붙잡고 있다는 사실이다. 이 많은 사진이 홍수가 되어 나를 덮치는 듯하다. 어지럽다.

"믿기지 않아." 나는 정확히 내가 느끼는 바대로 이야기한다.

그곳에 서서 그 수많은 사진과 그 안에 담긴 추억을 바라보며 잠시 생각에 잠긴다. 내가 지난날에 겪었던 어떤 소중한 순간도 사라지지 않고 그 자리에 있었구나! 여기 있는 사진들이 그 순간들을 모두 잡아두고 있었다.

그리고 이 조명.

"정말 아름다운 조명이야." 내가 속삭인다. "나 베를린의 한 행사에서 이 조명을 본 적이 있어. 그리고… 왜 그랬는지는 모르겠지만, 그때 갑자기 네 생각이 났어."

야닉의 눈이 반짝인다. "응, 신인 디자이너들의 작품인데, 이 공간에 정말 잘 어울릴 것 같다고 생각했어."

"응, 그리고 사진들 말이야. 이곳에 이렇게 다 모아두고 있었다니."

"말했잖아, 분명 여길 차지하고도 남을 만큼 가치가 있는 사진들이라고. 네가 엄청나게 마음을 쏟은 작품들이잖아. 게다가 저 사진들을 보고 있으면 나도 힘이 나거든. 마치 시간여행을 하는 느낌이 나.

과거의 모든 순간이 생생하게 느껴져. 네가 저 사진들을 한 장 한 장 찍으면서 해줬던 이야기들도 생각나고."

"정말?"

야닉은 고개를 끄덕인다. 그리고 내게 시선을 고정하더니 말을 이어간다. "응. 그리고 바로 그 이유 때문에," 그는 잠시 말을 멈추고 뜸을 들인다. "그래서, 너는 사진을 다시 시작해야 해."

"말은 쉽지. 하지만 그럴 수 없어. 그날 일로 내 모든 것이 달라졌어. 예전의 나는 무언가를 창조해내는 것에 항상 큰 기쁨을 느꼈고, 슬픈 날에는 사진을 찍으며 마음을 달랬어. 하지만 이제는, 사진 찍는 즐거움이 있던 자리에 고통이 있을 뿐이야. 그 고통을 잠재우려면 그저 사진기를 내려놓고 잊어버리는 수밖에 없어."

"하지만 그렇게 하는 건 누구한테도 좋은 일이 아니야."

나는 안간힘을 다해 이 주제에서 벗어나려고 한다. "그렇지만 내가 사진을 다시 하고 싶은지도 잘 모르겠는걸."

"그냥 한 번 생각해봐. 너는 항상 사진을 사랑했어. 사진은 늘 너의 일부였어. 네가 찍은 사진들은 모든 면에서 곧 너였고, 모든 모티브에는 너의 흔적이 찍혀 있었어."

그가 쏟아내는 말들이 너무도 따뜻하고 강렬해서 온 마음을 쏟아 이야기하고 있다는 게 온몸으로 느껴진다. 야닉은 항상 나를 믿어줬다. 심지어 지금까지도. 그 모든 일이 일어난 뒤에도, 몇 년이라는 시간이 흘렀는데도 나에 대한 야닉의 믿음은 그대로이다.

그의 말을 듣고 있자니 몇 년 동안 내 마음을 짓누르고 있던 커다란 바위의 일부가 떨어져 나가는 듯한 느낌이다.

야닉은 내게로 아주 가까이 다가와 예전에 늘 그랬던 것처럼 내 볼을 부드럽게 쓰다듬는다. 그의 손길은 여전히 기분이 좋고, 나는 잠시나마 예전의 나로 돌아간 것 같은 느낌이다.

그러나 그 느낌은 아쉽게도 오래 가지 못한다. 어디선가 벨 소리가 울리고, 야닉은 바지 주머니에서 핸드폰을 꺼내 든다. 나는 화면에 뜬 발신자를 곁눈으로 확인하려고 했지만 잘 보이지 않는다.

"이건 받아야겠다." 야닉이 말한다. "괜찮아?"

"그럼, 당연하지."

"그럼 마저 다 보고 내려와." 야닉이 나를 두고 방을 떠난 뒤, 그가 문 앞에서 통화하는 소리가 들려온다. "여보세요, 막시. 반가워."

막시? 여자?

갑자기 가슴이 왜 찌르는 듯이 아파져 오지?

자세한 통화내용은 상상하지 않으려고 노력한다. 나와는 상관없는 일이니까.

나는 한동안 그곳에 혼자 남아 사진들을 둘러본 뒤 아래층으로 내려와 부엌에 있는 야닉을 발견한다. 그는 여전히 통화 중이라, 나는 조용히 다가가 식탁에 앉는다.

"아주 좋아, 나도 기뻐. 그럼 곧 봐." 야닉이 하는 말을 듣고 움찔한다.

곧 본다고? 곧 그 막시라는 여자를 보러 가겠다고?

야닉은 전화를 끊더니 당황한 듯 방안을 둘러본다. "엠마, 미안해. 좀 더 같이 시간을 보내려고 했었는데, 아 그리고 네게 보여주고 싶었던 것도 있었는데, 지금은 아쉽지만 안 될 것 같아. 일이 생겨서 좀 미뤄야겠어. 오늘 저녁 시간 어때? 대신 어두워지면 더 예쁜 모습을 볼 수 있을 거야. 약속해."

"괜찮아, 너한테 부담되고 싶진 않아. 네가 그랬잖아, 네가… 그러니까, 누가 널 필요로 한다고." 내가 서둘러 답한다.

티 내지 않으려고 노력 중이지만, 난 지금 질투에 사로잡혀 있다. 누가 봐도, 완전히.

그는 피식하고 웃더니 내 쪽으로 한 걸음 다가온다. "넌 나한테 전혀 부담되지 않아. 그 반대지. 네가 이곳에 와줘서 난 정말 기뻐. 내가 이따가 8시쯤 호텔로 데리러 갈게, 알았지?"

"그래."

우리는 함께 집에서 나왔다. 야닉은 중앙시장 방향으로 가고, 나는 아멜리에를 만나기로 한 티어게르트트너 광장 쪽으로 향한다. 내가 왓츠앱으로 아멜리에에게 혹시 만날 수 있냐고 묻자, 그녀는 다행히도 오늘 오후에 일정이 비어 있다며 그렇게 하자는 답장을 바로 보내온다.

경사가 가파른 부르크 거리를 올라 티어게르트트너 광장에 도착하자 옛 기억들이 다시 떠오른다. 그 기억들은 손에 닿을 듯이 매우 가깝게 느껴지고, 내 머릿속을 뒤흔들어 놓는다. 나는 광장에 세워진 뒤러의 못생긴 토끼상을 쳐다본다. 머릿속에서는 여러 장면이 소용돌이친다. 아멜리에의 집에서 발견했던 사진을 찍었던 장소가 바로 여기이다. 야닉과 내가 그토록 행복해 보이던 그 사진 말이다.

***

"세상에, 야닉! 너 뭐 하는 거야?"

"예전부터 하려고 생각해오던 거야."

야닉의 돌발행동에 심장이 터질 것 같이 쿵쾅거린다.

"엠마, 우리가 열다섯 살이었을 때부터 지금 이 순간까지 널 사랑해. 그리고 우리가 늙어서 머리카락이 온통 잿빛으로 변할 때까지도 너를 사랑하겠다고 약속할게. 내가 아는 사람 중에 너만한 고집쟁이가 또 없지만, 그래도 너를 사랑해. 네가 웃는 모습, 네 코의 작은 주근깨도 모두 사랑해. 네가 온갖 괴상한 것들을 좋아한다는 사실도 사랑해. 지금, 여기 이 사람들 앞에서 묻고 싶어. 내 아내가 되어줄래?"

"생각 좀 해볼게. 너처럼 아침에 일어나자마자 투덜대는 사람은 지금까지 못 봤고, 네가 예고도 없이 날 수시로 간지럽힐 때마다 미쳐버릴 것 같지만, 네가 만드는 팬케이크가 제일 맛있는 건 사실이야."

내 대답에 그가 미소 짓는다.

"응! 응!!! 당연히 너와 결혼해야지, 야닉. 네가 아니면 누구랑 하겠어?"

우리를 둘러싼 사람들의 박수갈채 속에서 나는 그의 품에 안겼다.

* * *

"야!" 아멜리에의 목소리가 추억 속에 잠겨 있던 나를 현실로 데려온다.

나는 추억 속 그날 밤에 다른 사람들 모르게 야닉과 조각상에 새겨두었던 작은 별을 바라본다. 그렇게 오랜 시간이 흘렀는데도 아직 그 자리에 그대로 있다.

"여기서 야닉이 너한테 청혼했었는데." 생각에 잠긴 듯 아멜리에가 말한다.

"응." 내가 한숨을 쉬며 답한다. "그 모든 게 마치 다른 시대에 일어났던 일 같아. 아, 미안. 내 정신 좀 봐. 제대로 인사도 안 했네." 나는 아멜리에를 안아주고 볼에 가볍게 입 맞추며 인사를 건넨다. "마침 시간이 맞았네. 잘 됐다."

"네가 여기까지 와 있는데 당연히 시간 내야지. 우리가 언제 다시 볼 수 있을지 누가 알겠어." 아멜리에가 그렇게 말하니 슬프다. "우리 뭐 마실래? 그동안 야닉과 만났던 건 어떻게 됐는지 아주 자세하게 말해줘야 해."

"콜라 마실까?"

"그래!"

우리는 키득거리며 반더러(방랑자) 카페에서 음료수를 사 와서 야외에 자리를 잡는다. 햇살이 얼굴에 비치니 기분이 좋다.

"그러니까, 오늘 저녁에 야닉이 뭘 보여주기로 했다고?" 아멜리에가 묻는다.

"응, 그렇게 말했어. 그런데 뭘 보여주려고 하는지 모르겠어."

"그래도 너 오늘이 무슨 날인지는 알고 있지?"

"아니. 무슨 날인데?"

"오늘 **푸른 밤 축제일**이잖아." 아멜리에가 콜라를 한 모금 마신다.

"뭐? 오늘이야?"

아멜리에가 미소 짓는다.

"그건… 우리가 약혼했던 날이 푸른 밤 축제일이었잖아."

나와 야닉은 뉘른베르크의 푸른 밤 축제를 아주 좋아했다. 푸른 밤 축제가 열리는 날 밤이면, 뉘른베르크는 음악과 춤, 연극 행사와 각종 퍼포먼스, 그리고 조명예술로 가득한 꿈의 도시로 변하기 때문이다.

하필 이곳에 다시 돌아와 보내는 며칠이 축제일과 겹치다니. 우연일까? 운명일까?

믿기지 않아 고개를 흔들어본다. "이 모든 게 다… 잘 이해가 안 돼. 하지만 어쨌거나 돌아오니까 너무 좋아. 너희도 너무 보고 싶었고, 이 도시도 그리웠어."

"나도 네가 보고 싶었어." 아멜리에가 말하며 콜라를 몇 모금 더 마신다.

"네 생각에는 야닉이 오늘 저녁에 보여주려는 게 뭐 같아?"

"그걸 왜 나한테 묻니? 당연히 나도 모르지. 내가 아는 거라곤, 야닉이 매년 축제일에 무언가를 전시한다는 사실이야. 막시랑 같이."

막시. 또 그 이름이다.

"막시가 야닉의… 그러니까, 야닉 여자친구야?"

하지만 아멜리에는 내 질문을 듣지 못한 듯 계속 이어서 말한다. "올해 전시작품이 뭔지는 나한테 묻지 말고, 서프라이즈라고 생각하고 그냥 가서 봐."

"내가 여기 와서 제일 놀랐던 건 그 집을 처음 봤을 때야. 야닉이 완전 새집을 지어놨더라."

"그러게, 정말 잘 꾸며놨지. 그런데 그만큼 너무 많이 힘들어했어." 아멜리에가 바닥으로 시선을 떨군다.

"진짜 솔직히 말해줘, 아멜리에. 내가 가고 나서 무슨 일이 있었던 거야? 내가 야닉을 만나겠다고 너한테 말했을 때, 왜 처음에는 부정적으로 말했어?"

"네가 떠나고 난 다음에 야닉은 많이 달라졌었어. 미친 사람처럼 일만 했고, 그 집을 개조해서 너희가 꿈꾸던 바를 실현해야 한다고 말했어. 하늘이 아무리 어두워도, 너한테 별을 가져다주겠다고 약속했기 때문에 그 일이 자기한테 중요하다고."

"야닉이 그렇게 말했다고?"

"그는 매일같이 네가 돌아오길 바랐어. 그리고 지금, 네가 여기 있는 거고."

"그래, 나는 지금 여기 있지." 내가 중얼거린다. "인생이 흘러가는 게 참 묘해, 안 그래? 뜻대로 안 되는 일도 많고."

아멜리에는 가만히 내 팔을 쓰다듬는다. "하지만 다행히도 모든 게 뜻대로 안 되는 건 아니잖아. 어떤 것들은 변함없이 그대로 남지. 이 토끼에 얽힌 추억처럼."

"추억을 위하여!" 우리는 잔을 들어 올려 건배한다.

푸른 밤 축제

7시 반이 되어 호텔을 나서자 야닉은 이미 호텔 앞에 서서 나를 기다리고 있었다. 그는 회색 셔츠에 청바지를 입고, 가벼운 밤색 재킷을 걸쳤다.

야닉은 나를 발견하자마자 환하게 미소 짓는다. 그리고 가까이 다가와 내 볼에 가볍게 입 맞춘다. 인사일 뿐인 걸 알면서도, 나는 그 즉시 묘한 흥분감에 사로잡힌다.

오늘 점심때와 다르고, 어제와도 다른 느낌이다. 신선한 흥분감이다. 단지 추억만이 아니라, 내 안에서 완전히 새롭게 자라나고 있는 감정이다.

그의 입술이 내 피부에 닿으면 온몸에 전율이 흐른다. 나는 당황하여 애먼 핸드백 끈을 못살게 군다.

"안녕." 긴장한 내가 인사를 건넨다.

"안녕." 그의 눈이 반짝반짝 빛나고 있다. 야닉은 등 뒤에서 무언가를 앞으로 내민다. "아까 낮에 갑자기 갔던 거 미안해. 대신 너 주려고 이걸 가져왔지. 네가 기뻐했으면 좋겠다."

그가 주머니 하나를 내민다. 나는 그 즉시 야닉이 가져온 물건의 정체를 눈치챈다. 밤색 가죽과 그 위에 새겨진 꽃무늬. 내 카메라다.

"이건 내…" 말이 차마 입 밖으로 떨어지지 않는다.

"그래, 네 카메라야. 완전히 충전했고, 새로운 순간들을 포착할 준비가 됐지."

우리는 잠시 그곳에 서서 서로를 바라볼 뿐이다.

"고마워, 정말. 하지만 너도 알잖아, 나는…"

내가 말을 채 끝내기도 전에 그는 한 걸음 더 내 쪽으로 다가와 내 어깨 위에 부드럽게 손을 얹는다. "이건 네 물건이잖아. 나는 그저 네가 가지고 있길 원하는 것뿐이야."

그가 내 손에 카메라 주머니를 건네준다. 카메라를 받아들었던 순간 그 느낌은 어떻게 묘사해야 할지 모르겠다. 영원히 잃어버린 줄로만 알았던 무언가를 아주 뜻밖에 다시 찾았을 때의 감정, 갑작스러운 안도감 같은 것이다. 그래, 바로 그런 느낌이다.

"고마워." 내가 뱉을 수 있었던 말은 단지 그것뿐이다. 야닉이 내 눈을 통해 이 선물이 내게 얼마나 큰 의미인지 읽어낼 수 있을까?

"나… 나 그럼 이것만 내 방에 얼른 두고 와서…"

야닉이 내 말을 끊고 말한다. "그냥 가져가 봐. 만약 들고 다니는 게 거추장스러우면 내가 들어줄게. 혹시 알아? 어쩌면 사진 몇 장 찍어보고 싶은 마음이 들지도 모르잖아."

"넌 참 포기를 모르는 사람이야, 안 그래?"

"내가 언제 포기하는 거 봤어?" 그가 비밀스럽게 윙크하며 말한다.

결국엔 내가 승복하고 만다. "그래 좋아. 그렇게 해보지, 뭐. 사실 카메라가 그렇게 거추장스럽지는 않아." 활력이 가득 찬 그의 눈빛이 내게 생기를 불어넣는다. "오늘이 푸른 밤 축제일인 건 왜 얘기 안 해줬어?"

"그것도 내가 준비한 서프라이즈의 일부야."

"그래, 알았어. 기대되는걸. 나한테 보여주고 싶다는 건 뭐야?"

"음, 그러고 보니 예나 지금이나 네 장점 중에 인내심은 없는 것 같아." 나는 장난스럽게 얘기하며 씩 미소 짓는 야닉의 옆구리에 주먹을 날린다. 그 순간 우리 사이의 분위기는 마치 공백이란 게 없었던 것처럼 여유롭고 자연스럽다.

"우선 시내를 좀 둘러볼 거야." 야닉이 제안한다. "내가 너에게 보여주고 싶은 걸 볼 수 있으려면 더 어두워져야 하거든."

내 궁금증은 더 커진다. "네가 보여주고 싶은 건 어디에 있는데?"

"엠마, 계속 물어봐도 안 가르쳐줄 거야."

"아주 콩알만한 힌트라도 줘봐, 제발!"

"안 돼, 콩알만한 힌트도 안 돼." 그가 눈을 굴린다. "네가 수년 전에 내게 했던 말과 관련이 있다는 것 정도만 말해줄게. 하지만 그 이상은 안 돼. 서프라이즈로 즐기도록 해."

"별로 도움 되는 힌트가 아닌걸." 내가 말하자 야닉이 웃음을 터뜨린다.

"그럴 수도 있지. 하지만 좋은 힌트를 줘서 맞춰버리면 그건 서프라이즈가 아니잖아."

우리는 슬슬 움직이기 시작한다. 나는 얼굴에 가볍게 불어오는 바람을 즐긴다. 야닉이 눈치챘는지 모르겠지만, 나는 지금 미치도록 흥분한 상태이다. 배 속이 간질간질해질 정도로 흥분했다.

우리는 걷다가 제발더 광장에서 멈춘다. 야닉은 그곳에 설치된 조명에 대해 열성적으로 설명해주고, 나에게 올해 푸른 밤 축제의 모토가 **간절한 바람**이라는 사실도 말해준다. 나는 그가 하는 말들을 귀담아들으며 내용에 온전히 집중한다. 꼭 수년 전, 우리가 약혼했던 그날의 푸른 밤처럼.

갑자기 스물세 살이던 시절로 다시 돌아간 듯한 느낌이다. 생각 같아서는 시간을 되돌리고 싶다. 할 수만 있다면 정말 그러고 싶다.

나는 설치물에 대해 열성적으로 설명하는 그를, 생기가 넘치는 야닉의 모습을 가만히 바라본다. 도드라져 보이는 그의 팔 근육도 눈에 들어온다. 야닉은 생명력과 긍정적인 에너지가 넘치는 멋진 사람이다. 그는 예술가이다. 야닉이 움직이면 모든 것들이 가볍고 실제인 양 느껴지고, 그 모습에 부자연스러운 구석이라고는 전혀 없다. 그는 꾸밈이 없다. 그를 보고 있으면 꾸밈없는 사람이라는 것을 한눈에 알 수 있다.

"미안, 내가 너무 설명에만 빠져 있었네."

야닉의 목소리가 짧은 상념에 빠져 있던 나를 깨우는 바람에 순간

움찔한다.

나는 재빨리 고개를 저으며 말한다. "계속 이야기해줘. 난 네가 열성적이어서 좋다고 생각해."

그는 고개를 끄덕이더니 설치된 조명을 보여주며 다시 설명을 이어간다. 그 조명은 온기를 발산하고 있고, 나도 야닉을 바라보며 그의 설명을 듣는 동안 온기를 느낄 수 있다. 따뜻한 감정들이 섞여 나를 감싼다.

야닉과 뉘른베르크, 그리고 나.

뉘른베르크에서 이렇게 다시 푸른 밤을 맞을 수 있다니. 이 도시가 가장 다채로운 모습을 보이는 날, 이 도시가 가장 아름다운 모습을 자랑하는 순간을 함께할 수 있다니. 한 도시가 간절한 바람과 자유, 사랑 같은 감정을 담은 장소가 된다는 것, 이 자리에 있을 수 있다는 건 말로 쉽게 설명할 수 없는 기분이다. 우리가 약혼했던 해의 모토는 **사랑**이었다.

우리는 계속해서 걸으며 다양한 설치물과 예술작품들을 감상한다. 그 사이 시간은 흐르고, 하늘은 점점 더 어두워진다. 어둑어둑했던 저녁에서 슬슬 깜깜한 밤이 되어가고 있다. 사방이 빛나는 가운데 예술작품들이 뿜어내는 아우라는 더 강해진다. 모든 사물은 점점 더 환상적인 모습을 띠고, 신비로워진다.

우리는 중앙시장에서 빛나는 플라스틱 나무로 조성된 숲 사이를 걷고, 작은 상점에서 산 와인을 마신다. 나는 분위기에 취해 내가 누구였는지, 내가 이 도시를 떠난 적이 있었는지 잠시 잊어버린다. 아주 잠깐 동안은 정말 그랬다.

"푸른 밤에 이 도시에 와 있으니까 정말 좋다." 생각에 잠긴 내가 말한다. "우리가 처음 이 축제에 왔던 날에도 감동했었지."

그가 고개를 끄덕인다.

"여기 있는 것만으로도 너무 많은 기억이 다시 떠올라. 우리가 함께 겪었던 멋진 순간들 말이야. 물론 싸운 적도 있지만, 지금 생각해 보면 그때 싸웠던 건 너무 유치하고 의미 없게 느껴져. 사람들은 자신이 누리는 행복을 너무 쉽게 잊는 것 같아."

내 입에서 이런 말들이 나오는 건 순전히 분위기 탓일 거다. 어쩌면 최근 며칠 동안 내 머릿속을 차지하고 있던 추억 때문일 수도 있다. 아니면 내 혀를 느슨하게 만든 와인 때문일 수도 있다. 이유가 무엇이든, 벌써 후회가 밀려온다. 뱉지 말걸….

하지만 야닉은 그런 내 말에도 미소 지어준다. 야닉 특유의 따뜻한 미소. "응, 네 말이 맞아. 나도 우리가 얼마나 행복했었는지 알아. 그 기억에는 종종 싸우던 순간들도 포함돼 있어. 그 모든 순간이 우리가 우리일 수 있게 만들어 주는 거니까. 사진으로 가득한 길처럼, 별이 가득한 하늘처럼."

야닉이 이런 대답을 해줄 거라고는 예상치 못했다. 갑자기 눈에 눈물이 고인다. 하지만 이런 내 감정을 야닉에게 들키고 싶지 않아서 황급히 눈을 깜빡거리며 눈물을 삼킨다. 그리고 물끄러미 내 와인잔

안을 들여다본다. 그는 항상 나에게 감동을 준다. 오늘 점심에 내 사진에 대해서 얘기할 때에 이어 지금 또다시. 그는 다정한 말들로 내 마음을 움직인다. 나는 뭐라고 얘기해야 할지 모르겠다.

"내 말 무슨 뜻인지 알지? 내가 너무 감상적으로 말했나?"

나는 그의 얼굴을 올려다본다. "아니야, 알아, 무슨 말인지." 나는 속삭이는 것 같은 작은 목소리로 그에게 말한다. "고마워. 고맙다는 말밖에는 할 말이 없어. 넌 정말 친절해. 그리고 정확히 핵심을 짚어내는 말들을 해서, 가끔은 네가 진짜가 아닌 것 같은 느낌이 들 때도 있어. 현실에 존재하기엔 너무 완벽해서."

그가 웃는다.

그러고 난 뒤 편안한 정적이 흐른다. 우리를 둘러싼 도시가 빛나고 있다. 나는 내가 그동안 이곳에 돌아오는 걸 얼마나 두려워했는지 생각해본다. 얼마나 자주 잠을 설치고, 가끔은 얼마나 예민하게 굴었는지. 기차를 타고 오는 동안에도 두려움 때문에 다시 돌아가 버리고 싶은 마음이 굴뚝같았다. 야닉이 어떻게 반응할지를 두고 수많은 경우를 상상해보았다.

그리고 지금은?

그때의 긴장에서 벗어났다. 완전히 풀려났다. 야닉이 내 마음에 날개를 달아주는 법을 아는 사람이기 때문이다. 내가 중요한 사람이라는 느낌을 주기 때문이다. 두려움은 여기 이 푸른빛에 녹아 사라져버렸다.

여기 오기로 한 것은 옳은 결정이었다. 적어도 지금 이 순간만큼은 그 결정이 옳았다고 느껴진다. 나는 이곳에 와 있는 게 행복하고 기쁘다. 야닉이 나를 탓하고 원망하기는커녕, 나를 붙잡아주고 함께 시간을 보낸다는 사실이 기쁘다.

정말 사진을 다시 시작하는 게 좋을까? 한번 시도해볼까?

"눈 좀 감아볼래?" 야닉이 불쑥 말한다.

내가 의식하지 못하는 사이에 우리는 한참을 걸어왔다. 너무 생각에 깊이 잠겨 있었나 보다.

"눈을 감으라고?"

"응. 안 그러면 서프라이즈의 묘미를 놓치거든."

내 심장이 가슴 속에서 덜컹거리기 시작한다. 왜 이러는 걸까?

"준비됐어?" 야닉의 눈이 빛나고 있다. 뭘 하려는 거지?

"실눈 뜨기 없기!"

"알았어, 약속해."

나는 흥분한 상태로 눈을 감고, 야닉은 내 손을 잡는다. 야닉의 손에서 따뜻한 온기가 느껴진다. 마치 그래야만 하는 것처럼, 우리의 손은 서로의 손을 위해 존재하는 것처럼, 나는 그의 손을 꽉 잡는다.

그가 이끄는 대로 따라간다. 알 수 없는 소리가 들려오고, 사람들의 목소리, 작은 물소리, 섬세한 음악 소리, 그리고 크게 두드리는 소리가 들린다. 심장박동 같은 소리.

"자, 이제 눈을 떠도 좋아."

이제 어디로?

눈을 떠보니 어느새 폐허가 된 건물 안뜰에 들어와 있다. 사방에서는 별이 빛나고 있다. 자세히 보니 베를린에서의 행사와 야닉의 집에서도 보았던, 나무로 만들어진 작은 별 조명이다. 다만, 푸르게 빛나는 도시 가운데에서 이 아름다운 설치조명을 보니 훨씬 더 환상적인 느낌이 난다.

폐허의 벽 위에는 두근거리는 심장의 이미지가 투영되어 있고, 그 주변으로는 별들이 날아다닌다. 그리고 한 무리의 사람들이 벽 앞에 놓인 터치패널 앞에 서서 열심히 버튼을 누르고 있다.

나는 그 광경에 매료되어 하얀 별들이 벽 위로 흐르듯 움직이는 모습을 바라본다. 그중 하나에는 **버터**라고 적혀 있고, 어떤 별에는 **여름**이라고 적혀 있다. 그 외에도 **자유**, **초콜릿**, **사랑**, 그리고 **꿈**이라고 적힌 별들이 보인다. 나는 그것들에서 눈을 떼지 못한다. 숨 막히게 아름다운 광경이다. 내 안에서는 모든 것들을 감싸 안을 듯한 따뜻함이 퍼져 나간다.

"이게 뭐야?"

"사람들이 간절히 바라는 것들이야." 야닉이 짧게 답한다.

간절한 바람, 올해 푸른 밤 축제의 모토.

우리는 한동안 침묵 속에 서서 별 무리를 바라본다. 점점 더 많은 별이 새롭게 생성되어 계속해서 날아온다.

야닉이 조심스럽게 내 팔을 쓰다듬으며 말한다. "오늘처럼 특별한 밤에 사람들이 간절히 바라는 것들을 터치패널에 입력하면 그 바람들이 벽을 타고 별과 함께 떠다니도록 기획한 작품이야."

나는 **여름**이라고 이름 붙여진 별 하나가 벽 위로 날아가는 것을 쳐다본다.

"곧 있으면 별이 사라질 거야." 야닉이 속삭인다. 실제로 몇 초 뒤에 그 별은 끊임없이 뛰고 있는, 벽에 투영된 심장 이미지 가운데로 미끄러져 사라진다. 처음에는 그 단어가 완전히 사라진 줄로만 알았는데 이내 심장의 다른 쪽에서 다시 생겨난다. 별이었던 단어는 이제 새가 되어, 다른 간절한 바람들과 함께 커다란 무리를 지으며 하늘로 함께 날아간다.

"여기서는 누구나 자신의 간절한 바람을 하늘로 날려 보낼 수 있어."

나는 목이 메 오는 것을 애써 참으며 사방에서 빛나고 있는 수많은 별 조명들을 가리킨다. "가서 좀 더 자세히 봐야겠어." 나는 조명을 판매하고 있는 가판대로 다가간다. "정말 환상적인 작품이야. 혹시 누구 작품인지 알아?"

"그러게, 환상적이라고 표현할 만하지." 야닉은 뭔가 숨기는 듯 미소를 짓는다. 그 미소에 내 마음은 따뜻하게 녹고 만다.

나는 가판대에 놓인 설명서를 집어 든다. 그런데 첫 줄을 읽자마자 속이 울렁거리고 내 주변의 모든 것들이 빙빙 돌기 시작한다.

당황하지 마, 엠마, 숨 쉬어. 노력이라도 해봐.

하지만 설명서를 읽을수록 눈앞이 뿌예지고, 그곳에 적힌 말들이 머릿속을 점령해간다.

새롭게 론칭한 브랜드 '스텔라 디자인'이 가구 디자인 트렌드를 이끌고 있다. 야닉 리히터와 그의 파트너 막시밀리안 보이트너는 목재 부품이나 가죽 같은 자연 소재를 사용하여 특별하고도 가치가 높은 작품들을 완성해낸다. 모든 완성품에는 이야기가 담겨 있다. '오래된 것으로 새로움을 창조한다'는 것이 그들의 모토이다. 특히 주목받고 있는 제품은 별 모양의 조명으로, '별이 뜨지 않는 하늘은 없다'는 슬로건 아래 판매되고 있다.

야닉 리히터: "이 조명 제품은 저에게 특별히 더 소중합니다. 빛나는 별들로 수놓은 밤하늘을 상징하기 때문이죠. 커다란 사랑을 나타내는 동시에, 집으로 가는 길을 잃어버린 사람들, 미래가 보이지 않는 사람들을 위한 작품이기도 합니다. 저는 이 조명을 통해 하늘의 별들을 가져오고 싶었어요. 별들은 멀고 어두운 길에 등불 같은 역할을 해주기 때문이죠. 별들이 우리가 가야 하는 길을 가깝게 만들어주지는 않지만, 조금 더 밝게 만들어주긴 하죠."

그러니까 막시는 야닉의 사업 동료이고, 이 모든 건 그 둘의 작품이었던 거라고? 맙소사.

“네 작품이야?” 나는 넋이 나간 사람처럼 야닉을 바라본다. 야닉은 슬쩍 내 손을 잡고, 나는 조금 전에 읽었던 문구를 속삭인다. “하늘의 별들을 가져온다. 별이 뜨지 않는 하늘은 없다…”

더는 눈물을 참을 수가 없다. 그 순간에야 비로소 야닉의 별 조명이 무엇을 의미하는지 깨달았기 때문이다.

야닉이 별을 밝히는 것은 나만을 위한 것이 아니라, 스텔라를 위한 것이기도 하다. 그의 작품은 우리의 스텔라를 위한 것이다.

속이 뒤집힐 것만 같다. 여기서 나가야 한다, 여기에서 벗어나야 한다.

“너 괜찮아?” 야닉의 목소리가 빽빽한 안개 너머에서 들리는 것 같다.

“미안해. 근데 나… 나…” 더는 말을 잇지 못한다. 나는 몸을 돌려 인파 속을 뚫고 뛰기 시작한다.

“엠마, 기다려!” 야닉이 나를 따라오고 있는 걸 알지만, 멈출 수가 없다. 멈추고 싶지 않다. 나는 숨이 차서 더 달릴 수 없는 지점까지 가능한 한 멀리, 그리고 빨리 달려간다. 한참 뒤 나는 멈춰 서서 주위를 둘러보고는 상체를 앞으로 숙여 숨을 돌린다. 시간이 흐르고 나서야 옆구리를 콕콕 찌르는 통증이 사라진다.

내 기억은 나를 수년 전 과거로 데려간다. 내가 떨쳐내려고 애쓰던 모든 기억이 다시 밀려오고 있다. 이번에는 애써 피하지 않는다.

* * *

드디어 나갈 채비를 끝냈다. 나는 하늘거리는 하얀색 블라우스에 회색 볼레로 재킷을 걸치고 어두운색 청바지를 입었다.

“간단하게 아침 좀 먹어, 엠마. 이리 와, 빵이라도 좀 먹어.”

“걱정하지 마, 가면서 요기할게. 우리 귀여운 강아지가 예쁘게 잠든 이 틈을 최대한 활용하고 싶어.” 나는 사랑에 빠진 눈빛으로 좀 전에 막 아기를 눕힌 유모차 안을 들여다본다. “밖에 오래 있지는 않을 거야. 찍어야 할 사진 한 장이 있는데, 그것만 찍고 얼른 돌아올게. 마침 햇살도 더없이 완벽하네.”

나는 카메라 주머니를 어깨에 걸고 야닉에게 다가가 입 맞춘다. “딱 그 한 장만 찍으면 돼, 약속해.”

“알겠어, 좋은 시간 보내고 와. 어쨌거나 둘 다 조심해, 우리 아가씨들.”

“그럴게, 걱정하지 마. 우리 꼬맹이 울보랑 나랑 곧 돌아올 거야.”

그가 웃는다. 발끝까지 따뜻해지는 그의 웃음, 내 배 속의 나비 떼가 일제히 날갯짓하게 만드는 웃음이다. “둘 다 사랑해.” 야닉이 속삭이며 나를 끌어안고, 나는 야닉의 목덜미에 내 얼굴을 부드럽게 기댄다. “이따가 돌아오면, 내가 준비한 서프라이즈를 보여주지.” 야닉이 말한다.

"서프라이즈?"

"응. 더 자세하게는 말하지 않을 거야."

나는 기다리기 힘든 마음을 감추지 못하고 설렘에 가득 차 두 손을 비빈다. 어떤 일이 일어나기 전, 기대에 찬 즐거움이 제일 큰 법이다.

나는 야닉을 사랑한다. 그는 나를 위해 정말 많은 것들을 해준다. 나는 스텔라가 누워 있는 유모차를 밀며 밖으로 나가기 전에 마지막으로 그에게 한 번 더 입 맞춘다.

집을 나서면서 난 지난주에 우리 집에 오셨던 부모님이 우리가 이 작은 집에서 살림을 꾸린다는 사실에 극도로 흥분했던 일을 떠올린다. 부모님은 이곳이 자신의 어린 손녀가 자라기에 적합한 환경이 아니라고 했다. 내가 너무 어린 나이에 발목이 잡혀서 인생을 망친 것이나 다름없다는 말도 했다. 그들은 아무것도 모른다.

나는 일단 이런저런 생각을 모두 접어두고 길을 나선다.

밖으로 나가니 해가 비추고, 내 몸은 설렘으로 간지럽다. 오늘은 그 사진을 꼭 찍고 말 것이다. 빛도 완벽하고 스텔라를 데리고 나오니 더 행복하다. 스텔라는 너무 사랑스럽다. 이 아이는 우리 부부의 자랑이자 큰 즐거움이다.

나는 유모차를 밀며 부허슈트라세 모퉁이 끝까지 거리를 따라 걷는다. 길 건너편에는 내가 제일 좋아하는 베이커리가 있다.

"일 시작하기 전에, 엄마 먹을 것 좀 사 올게." 스텔라에게 말을 걸며 맛있는 플라덴브로트*를 떠올린다. 플라덴브로트는 내가 정말 좋아하는 음식이라 임신 기간에도 항상 즐겨 먹었다. 사실 내가 입덧을 하는 동안 먹을 수 있었던 유일한 음식이기도 했다. 야닉은 내가 균형 잡힌 건강한 식사를 할 수 있도록 과일을 깎고, 채소도 삶아보고, 할 수 있는 모든 것을 시도했지만 다른 음식들은 들어갔던 길을 모두 되돌아 나왔다. 내 배 속에 얌전히 남아 있었던 건 플라덴브로트뿐이었다.

그런데, 지금 빛이 정말이지 딱 적당하다. 어쩌면 요깃거리는 나중에 사 오고 일단 사진부터 찍어야 할까 보다. 스텔라도 아직은 곤히 자고 있으니까.

횡단보도에서 잠시 녹색 불을 기다린다. 신호등이 녹색으로 바뀌자, 나는 길을 건너기 시작한다. 하지만 고무젖꼭지 끈이 바닥에 떨어져 중간에 멈춰 선다. 단단히 묶어두지 않은 모양이다. 나는 끈을 줍기 위해 몸을 숙인다. 그리고 그때, 그 일이 벌어지고 만다. 몇 초 되지 않는 그 사이에.

비명, 고통.

그 이후로 예전과 같은 것은 아무것도 없었다.

***

* 주로 효모 없이 굽는 얇고 납작하게 생긴 빵의 한 종류

나는 기억에서 벗어나 떨리는 몸으로 그곳에 서 있다. 심장은 심하게 요동치는 중이다. 숨 쉬어, 엠마, 숨.

마음을 진정하기 위해 하늘을 올려다본다. 바로 그 순간, 나는 어디로 가야 할지 깨닫는다.

춤추는 별들

서쪽 공동묘지에는 적막이 감돌고 있었다. 나는 수많은 묘지가 늘어서 있는 사이로 난 길을 가로지른다. 원래는 이렇게 늦은 시간에 들어오면 안 되지만 내일 아침까지 도저히 기다릴 수가 없었다. 길 위에는 별빛이 내리고 있다.

3년이 흘렀지만, 나는 우리 아이가 정확히 어디에 누워 있는지 알고 있다. 설령 길을 모른다 해도 한눈에 스텔라의 묘를 알아볼 수 있을 것이다. 별 모양의 조명이 묘비를 장식하고 있기 때문이다. 나는 천천히 스텔라가 잠들어 있는 곳으로 다가간다. 그곳을 바라보는 것만으로도 내 심장은 덜컥 내려앉고, 주체할 수 없는 슬픔이 밀려온다.

잠시 뒤, 나는 그곳에 서서 야닉과 내가 함께 고른 묘비의 작은 나비와 천사, 그리고 돌로 조각된 세 개의 별들을 바라본다. 별 조명은 아주 따뜻하고 밝은 불빛을 내고 있어서 가능하다면 그 빛 안에 묻히고 싶은 심정이다.

사방은 고요하다. 너무 고요하지만, 나는 하고 싶은 말이 많다. 사고 당일, 우리가 스텔라를 떠나보낸 날, 그날 내 일부도 함께 죽어버렸다. 과거의 엠마는 이제 더는 존재하지 않았다. 일 초도 되지 않는 찰나의 순간이 모든 걸 바꿔버렸다.

나는 무릎을 꿇고 앉아 꽃을 어루만진다. 꽃은 싱그럽고 파랗다. 한때 스텔라의 눈동자가 그랬던 것처럼. 내가 보았던 가장 아름다운 푸른색. 먹먹한 느낌과 깊은 좌절감이 어우러져 온몸을 무력화시킨다.

"우리 아가. 나 왔어, 엄마야." 눈물이 흐르기 시작한다. 더는 참고 싶지 않다. "좀 늦었지, 나도 알아. 그동안 계속 오고 싶었는데, 그럴 수가 없었어. 네가 너무 그립고 보고 싶어서. 네가 우리 곁에 없는 건 오로지 나 때문이야. 그 바보 같은 사진을 찍겠다고 너를 밖으로 데려가지만 않았어도, 네가 우리를 떠나는 일은 없었을 텐데. 내가… 내가 너를 홀로 뒀지, 너무 미안해, 그러려던 게 아니었어…."

눈물이 볼 위로 흘러내린다. 나는 눈물이 턱에서 방울져 떨어지는 걸 막지 않고 그대로 둔다. "너무 미안해, 스텔라, 우리 작은 별." 나는 속삭인다. 그때, 갑자기 누군가의 말소리가 내 속삭임을 멈춘다.

"네 잘못이 아니야, 엠마."

나는 황급히 몸을 돌리고, 그곳에 서 있는 그를 본다.

야닉.

그는 천천히 내게로 다가오더니, 내 옆에 무릎을 꿇고 앉는다. 그의 손이 내 볼을 어루만지며 부드럽게 눈물을 닦아낸다.

"네 잘못이 아니야, 내 말 듣고 있어? 넌 그걸 알아야 해."

"아니야, 내 잘못 맞아." 나는 가쁘게 숨을 쉬며 말한다. "내가 나가지 않았다면, 내가 스텔라를 데리고 가지만 않았다면, 그랬다면… 그럼 스텔라가 지금 우리 곁에 있겠지. 우리 아이는 아직 살아 있겠지." 또다시 눈에서 눈물이 왈칵 쏟아져 나온다.

야닉은 나를 자신의 쪽으로 끌어당기며 꽉 붙잡는다. "우리에게 일어난 건 정말 끔찍한 일이야. 하지만 그럴 운명이었던 거고, 그게 삶인 거야. 누구도 예측할 수 없었던 일이야. 그건 그냥 벌어질 수밖에 없었던 일이었어."

또 한 번 흐느낌 뒤에 나는 고개를 들어 올려 야닉을 바라본다. 어둠 속에서도 단번에 그 색을 알아볼 수 있는, 그의 눈동자를 바라본다. "스텔라의 눈도 꼭 너처럼 파랬는데. 푹 빠지고 싶은 그 따뜻하고 푸른 눈. 정말 예뻤지?" 그 말을 하는 동안 내 가슴은 찢어질 듯이 아파져온다.

야닉은 미소 짓는다. "그리고 피부가 정말 보드라웠지. 머리는 짙은 색에 숱도 많았고…."

"맞아, 머리가 항상 덥수룩했어."

"처음에는 눈물조차 나오지 않더라. 스텔라가 우리를 떠난 직후에, 우리가 스텔라를 팔에 안았을 때, 스텔라를 네 가슴 위에 올렸을 때, 그때까지도 나는 우리 아이가 갑자기 숨쉬기 시작하는 기적을 보게 되길 바랐어. 한 편으로는 희망을 잃고 싶지 않았지만, 동시에 다른 한 편으로는 그제야 분명해지더라고. 우리가 무엇을 잃어버렸는지가."

내 안의 공허함이 나를 짓밟고, 바닥 깊은 곳으로 끌어당긴다. 그럼에도 나는 야닉이 나를 붙잡고 있다는 사실, 그가 내 머리를 쓰다듬고 있다는 사실, 우리가 수년이 흐른 지금 이 고통을 나눌 수 있다는 사실이 기쁘다.

"세상은 계속 돌아가는데 내 주변은 갑자기 모든 것이 달라졌어." 내가 속삭인다. "나는 그걸 견딜 수가 없었어."

"나도 알아. 하지만 네 잘못이 아니었어, 엠마. 절대 아니야. 스텔라는 그냥 이 세상에 더 있을 수 없었던 거야, 우리 아이의 별이 저 위에서 스텔라를 부른 거야."

깊은 울음이 북받쳐 오르고, 나는 그의 가슴에 얼굴을 묻는다.

"그동안 계속 그 생각을 하며 나 자신을 위로했어. 스텔라가 그냥 사라져버린 게 아니라, 저 위에서 항상 우리를 내려다보고 있을 거라는 생각." 그가 내 귀에 대고 속삭인다.

그리고 우리는 말없이 따뜻한 잔디 위에 앉아 서로를 붙잡고 울었다. 우리의 작은 별 스텔라와 지난 과거, 그리고 우리가 오래전에 잃어버렸던 모든 것을 위해 울었다.

삼십여 분이 지나고, 우리는 묘지를 떠나 길을 따라 걸었다. 혀끝에 맴돌던 말을 입 밖으로 꺼낼 용기를 내기까지는 시간이 좀 걸렸다. 어쨌든 결국 용기를 낸 나는 걸음을 잠시 멈춰 선다.

"야닉?"

"응?"

"우리 다시 아까 그 작품이 설치된 장소로 돌아갈 수 있을까? 나… 나 꼭 해야 할 게 있어. 내 간절한 바람도 하늘로 보내야겠어."

야닉은 미소 지으며 내가 아는, 나에게는 친숙한 그 확고한 눈빛으로 나를 바라본다.

"물론이지. 가자."

그렇게 우리는 다시 폐허의 안뜰로 돌아온다. 자정이 넘은 시각이라 아까보다 북적이지는 않지만 상관없다. 사실 그게 더 좋다.

벽에는 여전히 심장의 이미지가 투영되어 있다. 사람들의 간절한 바람을 담은 몇 개의 작은 별들이 벽을 따라 춤춘다. 나는 그 모습에 매혹되어 하염없이 벽을 바라본다. 내 배 속에서 간지러운 자극이 느껴진다.

야닉은 내 뒤에 가만히 서 있다. 그가 이렇게 가까이 서 있다는 사실만으로도 내 몸에는 전율이 흐른다. "그럼 이제 네 바람을 띄워볼까." 그의 속삭임에 나는 심호흡을 한다.

터치패널 앞에 선다. 하지만 내가 무엇을 입력하는지 야닉이 미리 보지 않았으면 한다. 내 간절한 바람이 무엇인지는 글자로 벽에 띄운 모습으로 확인했으면 좋겠다는 생각이 든다.

그래서 나는 그를 부드럽게 저쪽으로 밀어내며 말한다. "지금 보지 마."

"알았어. 그럼 다 끝나면 얘기해줘."

그가 몇 걸음 뒤로 물러난 뒤에야 나는 꼭 하늘로 올려보내고 싶었던 그 단어를 입력한다. 그리고 **전송**.

"이제 봐도 돼."

야닉은 돌아서서 내 별이 위로 올라가는 모습을 지켜본다. 나는 그가 잠시 멈칫하는 것을 눈치챈다. 그는 곧 미소 지으며 말한다. "**새로운 별들**. 그거 좋은 생각이다."

"너의 간절한 바람은 뭐야?"

"정말 알고 싶어?" 그는 내 눈을 깊이 들여다보더니 내가 알아보지 못하도록 가린 채 패널에 무언가를 입력한다. 곧이어 그가 입력한 단어는 누구라도 읽을 수 있을 정도로 크게 벽에 떠서 내 앞을 지나간다.

저항할 수 없는 격렬한 감정의 파도가 온 힘으로 나를 덮친다. 그의 별에는 단 하나의 단어만이 쓰여 있을 뿐이다.

엠마.

우리의 별들은 벽 위에서 춤추다가, 잠시 뒤 심장 안으로 날아 들어간다. 이후 다른 쪽에서 새가 되어 날아와 다른 간절한 바람의 무리에 섞여 하늘로 올라간다.

그 사이 날씨가 바뀐 건지 점점 더 강한 바람이 불어온다. 멀리서 천둥소리가 들려오는 것 같기도 했지만, 지금 중요한 건 그런 것들이 아니다. 무슨 말을 해야 할지 잘 몰랐지만, 무슨 말이든 해보려고 말을 꺼낸다.

"오, 야닉." 내가 속삭인다. 지금 이 순간 나는 그가 자신의 마음에서 벽에 투영된 심장으로 바로 쏘아 올린 간절한 바람에 압도된 것만 같다.

나는 간절하게 야닉의 입술을 갈망했다. 내가 기억하는 그 느낌 그대로일까? 하지만 그의 입술을 원하는 만큼, 그렇게 해서는 안 된다는 것도 잘 알고 있었다. 그건 옳지 않다. 나는 이성적으로 행동해야 한다.

야닉이 내 손을 잡는다. 그때, 다시 한번 천둥소리가 들려온다. 아니면 내 심장 소리가 이렇게 크게 들리는 건가?

우리 주변에 있던 사람들도 몸을 피할 곳을 찾기 시작한다. 강한 돌풍이 불어오기 시작하고, 아마 곧 세찬 비도 쏟아질 것이 분명하다. 날씨가 어찌도 이렇게 변덕스러운지.

"내 생각에 우리도 어딘가 비를 피할 만한 곳을 찾는 게 좋을 것 같아. 안 그래?" 내가 묻는다.

야닉이 하늘을 쳐다본다. "우리 집까지 그렇게 멀지 않은데. 5분이면 돼."

하늘에서는 벌써 빗방울들이 떨어지기 시작한다. 빗방울을 맞자마자, 우리는 마치 누구의 명령이라도 받은 것처럼 둘 다 뛰기 시작한다. 중앙시장에 다다랐을 때 빗방울은 점점 굵어지고 있었다.

"더 못 뛰겠어." 나는 숨이 턱까지 찬 상태로 멈춰 서서 하늘에서 떨어지는 비를 그냥 즐기기 시작한다. 기분이 정말 좋다. 얼굴에 닿는 빗방울들이 나를 자유롭게 해주는 느낌이다. 내 걱정을 모두 씻어 줄 것만 같다. 그냥 그런 느낌이 든다.

야닉은 내 팔꿈치를 잡아끌며 좀 더 뛰자는 몸짓을 보인다. "조금만 더 가면 돼, 다 젖잖아."

하지만 나는 더 가고 싶지 않다. 어차피 이미 머리부터 발끝까지 다 젖어버렸고, 내 얇은 블라우스 속은 다 비칠 것이 분명하다. 그래도 상관없다. 언제 마지막으로 이런 자유로움을, 이런 생동감을 느껴봤는지 모르겠다. 나는 완전히 젖은 머리카락을 풀어 손가락으로 빗어 내리고, 팔을 벌려 빙빙 돌기 시작한다. 꼭 날아갈 것 같은 기분이다.

예전 기억이 떠오른다. 추억의 장면 속에 야닉이 보이고, 우리가 보인다. 몇 해 전 빗속에서 춤추던 기억이 되살아난다.

나는 멈춰 서서 그에게 청하는 눈빛을 보낸다. "나랑 춤추자. 우리 예전에 그랬던 것처럼."

"넌 정말 완전히 미쳤어, 엠마." 야닉은 고개를 절레절레 흔든다. 그래도 결국에는 내 쪽으로 와서 내 젖은 손을 맞잡고, 나를 자신의 쪽으로 끌어당긴다.

우리는 빗속에서 움직이며 서로를 꼭 끌어당긴다. 나는 그의 온기를 느낀다. 그리고 그 순간 깨닫는다. 확실히 느낄 수 있다. 나는 내 인생에서 수많은 것들을 밀쳐냈고, 수년의 세월을 흘려보냈지만, 이제 더는 일 초도 그냥 흘려보내고 싶지 않다.

간절한 바람으로 가득한 밤

“얼른 들어와. 겨우 왔네.” 야닉이 문을 열고 나를 집 안으로 들인다.

나는 현관에 홀딱 젖은 채로 서 있다. 추워서 이가 덜덜 떨릴 정도이다. 하지만 마음만큼은 여유롭고 행복하다.

“내가 가서 수건 좀 가져올게. 그리고 혹시 갈아입을 옷이 있나 좀 봐야겠다. 젖은 옷은 벗는 게 좋겠어.”

“너도 옷 갈아입어야지.” 내가 대답한다.

그가 손가락으로 내 코끝을 가볍게 찌르며 말한다. “그래, 근데 너부터 먼저 갈아입고!”

야닉은 산처럼 높은 수건 더미와 긴 셔츠, 그리고 트레이닝 바지를 들고 다시 나타난다. “그다지 예쁜 옷은 아니지만 어쨌거나 말라 있는 옷이라는 게 중요하니까. 일단 따뜻한 물로 샤워부터 하는 게 어때? 안 그러면 감기에 걸릴 거야. 나도 곧 돌아올게.”

샤워는 참 좋은 생각이다. 욕실로 들어가 따뜻하게 쏟아지는 물 밑에 있으니 묘하게 간지러운 느낌이 온몸으로 퍼져 나간다. 내가 알몸으로 샤워를 하고 있는 동안 야닉이 이렇게 가까운 거리에 있다는 사실을 떠올리니, 문득 아랫배가 몽글몽글해지는 기분이다.

샤워기에서 나오는 물줄기가 몸을 타고 흐른다. 샤워젤의 향을 즐기는 동안 내 머릿속은 자기 마음대로 상상의 나래를 펼친다. 야닉이 여기에 있다면 어떨까, 여기 나와 함께 샤워기 밑에 있다면? 그와의 키스는 어떤 느낌일까?

“야닉?” 나는 샤워를 마치고 욕실에서 나오며 그를 부른다.

“나 지금 부엌에서 차 끓이고 있어.”

“그래, 차 좋다.”

“거실로 가 있어, 나도 금방 갈게.”

나는 소파에 앉아 이곳저곳을 둘러본다. 이곳에도 소파 뒤에 예쁜 별 모양의 조명 두 개가 숨어 있다. 야닉의 집에 처음 온 날부터 이 안락한 공간이 참 편안하게 느껴졌는데. 그사이에 바뀐 것은 별로 없는데도, 사실 당연히 그러함에도, 이제는 모든 것이 다르게 보인다.

코끝에 과일 향이 스친다. 나는 야닉이 과일 향을 몰고 거실로 들어와 머그잔 두 개에 담긴 따뜻한 차를 탁상 위에 올려놓는 모습을 지켜본다. 잘생겼다. 오늘따라 그가 너무 잘생겨 보인다. 갑자기 내 안에서 오랫동안 잠자고 있던, 순간을 영원히 붙잡아두고 싶은 갈망이 간절해짐을 느낀다.

야닉은 회색 셔츠에 편안한 바지를 입고 있다. 그가 입고 있는 옷 덕분에 그도 한결 편안하고 여유로워 보인다. 머리카락은 아직 촉촉

이 젖어있다. 그가 흘러내리는 머리카락을 머리 위로 쓸어 올린다. 나는 다시 한번 짜릿한 전율이 온몸을 훑고 지나가는 것을 느낀다.

"무슨 일 있어?" 그가 장난스러운 웃음을 지으며 묻는다.

"아무것도 아니야." 나는 황급히 대답하지만, 이미 내 생각을 들켜버린 것 같다. 그는 나를 너무나 잘 안다. 지금도, 여전히.

"꼭 예전에 카메라로 무언가를 찍고 싶어 할 때의 네 모습 같아."

그는 내게 확고한 시선을 보내지만, 나는 부인한다. "그래 보여? 그냥 한번, 아주 잠깐 스치듯 생각해본 거였어, 정말이야."

"기다려 봐. 금방 다시 올게." 야닉이 어딘가로 향하더니, 잠시 뒤 카메라와 함께 돌아온다. "여기, 한번 해봐."

"아니야, 나는… 너도 알잖아, 나는…."

"이젠 용기 낼 때도 됐잖아. 할 수 있어." 그는 내 쪽으로 더 가까이 오고, 나는 잠시 나에게 용기를 북돋워주려는 그의 아름다운 눈동자에 잠시 빠진다.

실제로 용기가 조금 생겨 카메라를 손에 들어본다. "너무 오래됐어…."

"그래도 할 수 있어." 그는 다시 한번 확신에 찬 목소리로 말한다.

그의 말에 용기를 얻은 나는 카메라를 들어 올리고, 야닉을 향한 뒤 뷰파인더를 응시한다. 그다음 동작들은 의식하지 않고도 자연스럽게 흘러간다. 마지막으로 설정 몇 가지를 변경한 뒤 셔터를 누른다. 작은 나비들이 배 속에서 날아다니는 기분이다. 감각이 사라진

줄 알았는데, 여전히 그 자리에 있었다. 잠시 잠들어 있었을 뿐.

기분이 너무 좋다. 이제 더는 그렇게 고통스럽지 않다.

나는 다시 한번 셔터를 누르고, 또 한 번 누른다. 가슴 속에서는 심장이 두근거린다.

"다시 할 수 있게 됐어." 내가 쉰 목소리로 말한다. 당황하는 사이에 눈물 한 방울이 떨어진다.

"당연히 할 수 있지, 내가 그랬잖아. 그런 건 잊히지 않아. 이제 차근차근 더 해보자."

"고마워." 고요함이 흐르는 가운데 내가 그에게 속삭인다.

그 후에 우리는 거실에 앉아 창과 지붕에 부딪히는 빗방울 소리에 귀를 기울인다. 꼭 생쥐들이 총총걸음을 걷는 소리 같다. 그는 내 쪽으로 조금 더 가까이 다가와 앉는다. 내 심장은 그 순간 튀어 오른다. 그의 몸을 만지는 내 모습이 상상되지만, 안간힘을 써서 그 상상이 현실이 되는 것을 막고 있다.

"우리가 처음 다락방에 앉았을 때 생각이 나. 그때 우리는 자전거를 타고 왔고, 나는 너한테 꼭 별들을 보여주고 싶다며 널 여기로 데려왔었지."

"그때 너와 보냈던 시간이 참 좋았는데. 저 위는 항상 우리의 공간으로 남을 거야."

폭죽과도 같은 감정의 소용돌이가 손끝과 발끝까지 뻗친다.

"오늘 별이 떴는지 같이 한번 볼래?" 나는 그가 부정적인 대답을 할까 봐 두려워 조심스럽게 묻는다.

"보기 어려울 것 같아. 비도 오고, 날씨도 흐리고…."

"그래, 네 말이 맞아." 내가 재빨리 답한다. 하지만 야닉은 자리에서 일어나며 내 손을 잡는다.

"가보자, 그래도 한번 가보지, 뭐."

야닉은 나를 들어 올리다시피 그의 쪽으로 당긴다. 다시 한번 무언가가 내 배 속을 잡아당기는 듯한 느낌이 들고, 그 안에서는 나비들이 날아오르기 시작한다.

야닉은 담요를, 나는 차가 담긴 머그잔을 챙겨 위층으로 향하는 계단을 오른다. 우리의 아름다운 순간들이 가득한 그 공간으로, 나 자신에게로 돌아간다.

그 공간은 정말 아름다웠다. 우리의 첫날밤에 그가 이불과 바닥 위에 깔아두었던 빛나는 별들이 여전히 그곳을 밝히고 있었다.

야닉은 그 순간을 붙잡아두는 데 성공했다. 그것도 영원히.

우리는 별을 내다보는 작은 창 앞에 앉아 구름이 잔뜩 낀 하늘을 바라본다. 별들이 보이지는 않지만, 그래도 나는 알 수 있다. 별들은 거기에 있다!

"그때, 아멜리에와 함께 시내 버스정류장에 있던 너를 처음 봤을 때, 나 정말 긴장했었어." 야닉이 이야기를 꺼낸다. "그리고 청년 활동에서 만났을 때도."

"불행 중 다행이었지. 내가 도망갈 일이 없었다면 너한테 안길 일도 없었겠지. 그런 일이 일어나서 기뻐." 나는 좌절하는 듯한 표정으로 장난스럽게 두 손으로 얼굴을 감싼다. "아 정말, 그때 다들 널 조심하라고 그렇게 경고했었는데!"

그가 씩 웃는다. "그래, 내가 좀 악명이 높았지."

"지금도 그렇잖아?"

야닉이 고개를 젓는다. "너를 사랑하는 만큼 다른 여자를 사랑해 본 적 없어."

나는 매우 조심스럽게 그의 손을 찾아 부드럽게 잡는다. "어제 네가 물었잖아, 우리가 **영원히** 함께 할 수 있었겠냐고. 우리가 항상 바라왔던 것처럼."

"그래서? 네 생각은 어때?"

"우리 사이는 각별했고, 어쨌든 예나 지금이나 **영원히**라는 게 있는 것 같긴 해. 내 말이 좀 이상했나? 그래도 무슨 뜻인지는 알 거야. 너와 나 사이에 항상 있었던 어떤 연결고리 말이야." 그가 미소 짓고 나는 서둘러 덧붙인다. "적어도 그때 너는 영원히 나와 함께하고 싶다고 말했었지."

"그리고 너는 날 비웃었지."

"뭐, 그때는 네가 장난친다고 생각했어. 여보세요, 우리 그때 고작 열다섯 살이었어."

"난 장난으로 말한 거 아니었어. 나는 항상 네가 하나뿐인 내 사람이라고 생각했어. 너는 내가 본 사람 중에서 가장 예쁘게 웃는 사람이야." 야닉이 속삭였다. 나는 자연스레 좀 더 그에게 가까이 다가가 앉았다.

야닉이 엄지로 내 볼을 쓰다듬고, 우리는 서로를 마주 보았다.

"네가 가지 못하게 막았더라면, 너와 계속해서 아침을 먹어야겠다고 우겼다면 어땠을까, 아니면 나중에라도 기차에 올라타지 못하게 붙잡았더라면 어땠을까, 나 자신에게 수도 없이 물었어." 그의 눈에 슬픔이 비친다.

그러게, 그랬다면 어떻게 됐을까? 나 역시도 그런 질문들을 나 자신에게 수 없이 던졌었고, 타임머신이 있었다면 어땠을까 상상하기도 했었다. 지금 내게 시간을 돌릴 기회가 주어진 걸까?

"야닉…"

그는 내 입술에 손가락을 대며 말한다. "하고 싶은 말이 더 남았어." 그는 빠르게 한숨을 쉬더니 말을 이어간다. "나는 우리가 함께 있으면 모든 걸 해낼 수 있을 거라고 생각했어. 그런데… 네가 내 옆에서 무너져 내리는 모습을 봤지. 우리가 기차역 플랫폼에 서 있었을 때 난 너를 보내줘야 한다는 사실을, 그 순간 너를 그 어떤 것도 막아서지 못할 거라는 사실을 깨달았었어. 나조차도 말이야."

"나는 너무 부끄러웠어, 왜냐하면… 왜냐하면 내가 기댈 곳은 어디에도 없었고 나는 정말 큰 죄책감에 시달리고 있었으니까. 난 네 눈을 더는 제대로 쳐다볼 수가 없었어. 나는 나 자신조차 제대로 쳐다볼 수가 없었어. 그 고통은, 그냥 이곳을 떠나야만 끝나는 거였어."

"그건 너에게 옳은 선택이었어." 야닉이 부드럽게 내 머리를 쓰다듬는다. 그는 진지한 시선으로 나를 바라본다. "너는 정말 놀랍고 훌륭한 사람이야, 엠마. 그리고 나는 너를 사랑해. 너는 내 운명이고, 나는 네가 돌아오길, 별들이 너를 내게 다시 데려다주길 바랐어. 너 자신에게로, 우리에게로. 그냥 나는 그렇게 될 거라고 믿었어. 그렇기 때문에 그때 너를 보내줬던 거야."

공기는 마치 터질 듯한 긴장감으로 가득하고, 심지어 진동하는 것 같은 기분마저 든다. 우리 사이에 열기가 느껴진다. 내 몸도 떨리기 시작한다. 마치 우리가 처음으로 같이 밤을 보내던 그때, 별들이 우리를 위해 이 공간을 비춰주던 그때처럼. 그날의 별들이 지금도 다시 한번 우리를 비춰주고 있다.

야닉의 입술이 내 귓가에 닿을 듯 가까이 다가오더니 속삭인다. "별이 뜨지 않는 하늘은 없듯이, 너 없이는 나도 없어. 그건 아직도 마찬가지야."

시간이 마치 과거로 되돌아간 것 같다. 그리고 갑자기 그 순간, 마치 기적이 일어난 것처럼 우리가 수년 동안 떨어져 있던 시간은 이제 전혀 중요치 않게 느껴진다.

우리의 눈이 마주치고, 서로가 서로를 눈빛으로 붙잡는다. 너무 흥분해서 침을 삼켜야 할 정도다. 우리 사이의 거리는 이제 야닉의 숨결이 느껴질 정도로 가까워져 있다. 서로의 코끝이 닿을 것만 같다.

나는 이 깊은 애정의 순간에 머무르고 싶은 마음에 눈을 감는다.

오늘 밤은 그저 그런 평범한 밤이 아니다. 간절한 바람으로 가득한 밤이다.

우리의 입술이 드디어 맞닿는다. 처음에는 마치 정말 키스해도 되냐고 묻듯 부드럽게 시작하다가, 이내 점점 더 격렬해진다. 우리의 입술은 그렇게 서로를 다시 만난다.

내 심장은 터져서 아주 작은 파편들로 쪼개질 것만 같다. 나는 우리 사이에 조금의 간격이라도 허락하지 않겠다는 듯 그의 목덜미를 휘감고 그의 무릎 위에 앉는다.

나는 더 어떤 말도 하지 않고 그의 셔츠 안으로 손을 넣는다. 그를 더 많이 원한다. 그의 전부를 원한다. 내 머릿속에 아직도 그에게 다가가는 것을 막으려는 목소리가 어딘가에 남아있다 해도 이제는 듣지 않을 것이다. 머릿속 소리는 꺼버리고, 이 순간에 온전히 몰입할 것이다. 야닉의 손이 내 셔츠 밑으로 미끄러져 들어올 때 내 몸에는 전율이 흐른다. 그의 입술이 내 입술 위에 포개진 상태로 키스는 계속된다. 부드럽고, 따뜻하게.

마치 누가 마법을 부린 것처럼, 이 모든 움직임, 우리 사이에 일어나는 모든 일이 마땅히 그래야 한다는 듯이 자연스럽게 흘러간다. 이것이 우리의 운명이기 때문이다. 조심스러웠던 손길은 열정이 되어 타오르고, 이제 우리는 우리를 둘러싼 다른 모든 것을 망각의 뒤뜰에 던져버린다.

야닉은 나를 자기 쪽으로 더 강하게 끌어당긴다. 나는 손가락으로 그의 머리카락 사이를 쓸어 올린다. 우리는 순간 멈췄다가, 서로의 눈을 깊숙이 들여다보고, 다시 또 새로이 끝을 모르는 키스 속으로 빠져든다.

그의 손은 내 살결 모든 구석구석을 탐구하고, 나 또한 마찬가지다. 나는 예전의 기억을 모두 되살리고 싶다. 그를 더 가까이 끌어안고 싶고, 그를 느끼고 싶다. 그를 갈구하며 셔츠를 어깨너머로 잡아당겨 바닥으로 떨어뜨리는 사이에도, 나는 고개를 들어 계속해서 그의 입술을 찾는다.

야닉은 나를 부드럽게 바닥에 내려놓고 자신의 손가락으로 내 배 위를 쓸어내리더니 내 셔츠를 밀어 올린다. 그가 내 가슴 사이에 입을 맞추자 내 몸은 흥분으로 떨려온다. 심장은 격하게 두근거리며 목까지 올라올 기세다. 그는 내 팔을 들어 올려 셔츠를 벗긴다.

야닉의 손은 이제 완전한 자유를 얻은 듯, 내 몸 곳곳을 부드럽게 쓰다듬는다. 우리 주위에는 열기가 가득하고, 내 안의 모든 것은 그를 갈구한다. 우리는 뜨거워진 몸으로 서로에게 밀착한다. 그의 피부가 내 피부에 맞닿는다.

나는 그가 내 바지를 벗길 수 있게 골반을 살짝 들어 올린다. 모든 과정이 자연스럽고 순조롭다. 손이 기억하고 있는 그대로이다. 마치 과거에 어떻게 했는지, 우리가 무엇을 갈구하는지, 우리의 손이 정확히 기억하고 있는 것 같다.

나 또한 그의 바지가 탄탄한 둔부를 지나 바닥 위로 떨어질 수 있도록 그를 거든다. 우리의 몸이 하나가 되는 순간을 더 지체할 수 없다.

야닉은 목부터 시작해 내가 스텔라를 낳을 때 생긴 흉터가 있는 부위까지 내려가면서 입을 맞추고, 나는 그가 움직이는 대로 몸을 맡긴다. 그는 애정이 담긴 손길로 그 자리를 쓰다듬더니, 점점 더 밑으로 내려간다. 내 몸 안에서는 이미 작은 불꽃놀이가 일어나고 있다.

영원처럼 느껴지던 순간이 지나고, 그는 고개를 다시 위로 가져와 내 눈을 깊이 바라본다. 정말 괜찮은지, 내가 정말 원하고 있는지 묻는 눈빛이다. 확실하다, 나는 그를 원한다. 그것도 아주 많이.

우리의 열기로 공기는 뜨겁게 달아오른다. 야닉은 내 다리 사이에 들어오며 내 목에 수천 번의 키스를 퍼붓는다. 나는 골반을 그에게 밀착시키며 그의 키스를, 내 안의 그를 느낀다. 그는 천천히 내 안으로 들어온다. 내 심장은 질주하고, 나는 나를 덮쳐오는 폭풍 같은 감정에 압도된다. 그럼에도 나는 계속해서 그를 갈구하고, 원한다.

야닉은 아주 조심스럽게 시작한다. 내가 그럴 필요 없다는 신호를 보내듯이 그를 꽉 움켜쥐자 그의 움직임이 강해진다. 우리의 몸은 하나가 되어 서로에게 녹아들어 간다. 그의 몸은 내 몸에 완전히 밀착돼 있고, 내 배 속은 타오를 듯이 뜨거워진다.

우리는 깍지를 낀 채 손을 맞잡는다. 나는 그가 내 안에 깊숙이 들어와 있다는 사실과 함께 그의 모든 힘과 사랑을 느낀다. 나는 야닉과 같은 리듬 속에 움직이고, 우리는 하나이다.

두 사람이 이보다 더 가까워질 수 있을까? 이렇게 한 사람이 온전히 다른 사람에게 빠져든다는 것이 가능할까? 일체 어떤 조건도 없이?

나는 그의 얼굴에 내 얼굴을 기대고, 수년 동안 느껴보지 못한 기분 속으로 빠져든다. 어떻게 이 뜨겁고 강렬한 감정, 그리고 진짜 나로서의 삶을 그렇게 오랜 시간 동안 뿌리치며 살아올 수 있었던 걸까?

간절한 바람으로 가득한 밤이 우리를 다시 하나로 묶어주었다. 이보다 더 좋은 느낌일 수는 없다고 생각하는 순간, 나는 공중으로 떠오른다.

다시 한번만

2016년, 뉘른베르크의 양로원

마리 린첸베르크는 안락의자에 앉아 있다. 창틈으로는 햇살이 비친다. 그녀가 그토록 아끼는 사진앨범은 무릎 위에 놓여 있다. 깊이 생각에 잠긴 그녀는 사진 한 장을 가만히 쓰다듬는다. 정확히 말하자면 반쪽짜리 사진이다. 그 사진 속에는 에이브의 모습이 담겨 있다. 그녀의 에이브. 사진을 찍을 당시 그들의 눈앞에는 행복한 미래가 펼쳐져 있었지만, 그로부터 얼마 후 그들의 세계는 산산이 부서지고 말았다.

그녀의 목이 단단히 메어온다. 그때, 그녀의 방문이 열린다.

"좋은 아침이에요, 마리. 오늘은 기분이 좀 어때요?"

간호사의 목소리에 그녀는 잃어버린 시간 속 기억에서 깨어난다. 그 시간은 그녀가 과거에 느꼈던 따뜻함을 다시 찾고 싶을 때, 하루의 쓸쓸함을 털어버리고 싶을 때 종종 돌아보는 시간이다.

"평소와 같아요. 오래 남지 않았나 봐요." 그녀가 대답하고 한숨을 쉰다.

마리는 며칠 전부터 부쩍 예전보다 훨씬 더 피곤함을 느낀다. 그건 비단 그녀를 괴롭히는 이상한 꿈들 때문만은 아닐 것이다. 그 꿈은 에이브에 대한 내용일 때도 있고, 후회스러웠던 일에 대한 것일 때도 있다. 하지만 이 젊은 간호사에게 그 꿈 이야기를 꺼낼 마음은 없다.

"이제 제가 옷 입는 걸 좀 도와드릴게요. 그다음에는 공용휴게실로 모셔다드릴까 하는데, 어떠세요?"

어떠냐고? 그녀의 심장은 천천히 뛰고 있고, 머지않아 멈출 것이다. 이건 틀림없는 사실이다. 그럴 때가 되었다. 85년 동안 뛰었고, 사랑과 고락을 함께 해온 심장이다. 그녀는 이제 지칠 만큼 지쳤고, 그녀의 심장 역시 마찬가지일 테다.

하지만 그녀를 붙잡고 있는 한 가지 일이 남아 있다. 그 일 때문에 그녀는 아직 떠날 채비를 마치지 못한 것이다.

그녀에게는 단 한 가지의 소원이 있다.

잠시 후 마리가 씻고 나와 옷을 입을 때 간호사가 미소 지으며 말했다. "예뻐 보이세요. 이제 뭘 하고 싶으세요? 다른 분들이 계신 곳으로 모셔다드릴까요?"

믿을 수 없는 감정이 마리를 덮치고, 그녀는 갑자기 용기를 내야겠다고 생각한다. 그때 그 순간에 이처럼 용기를 냈어야 했는데. 그녀의 시선은 에이브가 담긴 반쪽짜리 사진으로 다시 한번 가 닿는다. 한때 그들의 소유였던 집 앞에서 찍은 사진이다. 이 사진을 찍고 난 얼마 후 그녀가 에이브에게서 떠났었던 건, 그게 에이브를 위해 더 나은 선택이라고 판단했기 때문이었다.

원래 계획대로라면 에이브와 마리는 그 집에서 미래를 함께했어야 마땅하다. 마리는 그 집을 다시 한번 보고 싶다. 오랜 세월이 지난 지금, 딱 한 번만 더 거기에 가보고 싶다.

"리사 양?" 그녀는 친절한 갈색 눈을 지닌 젊은 간호사의 이름을 부른다.

"네?"

"소원이 딱 하나 있는데요. 그 소원을 들어주시겠어요?"

이어 마리는 리사 쪽으로 몸을 기울여, 한때 그녀의 모든 것이었던 그 장소에 관해 이야기한다. 심장이 멈추기 전에 그곳을 다시 한번 꼭 방문하고 싶다는 소원을 말한다.

예전의 삶을 떠나다

"벌써 날이 밝았어." 야닉이 색색거리며 말한다. 나는 이불 속에 있다가 밖으로 나와 야닉에게 기대면서도 계속해서 그의 입술을 찾는다. 그의 입술은 간밤의 수많은 키스로 완전히 부어 있다. 그럼에도 나는 계속해서 그에게 입을 맞출 수밖에 없다.

참 격렬한 밤이었다. 별들 때문이었을까? 아니면 간절한 바람 때문에?

셀 수 없이 많은 키스 사이에서 우리는 이야기도 많이 나누었다. 예전과 지금에 대해, 우리의 꿈, 그리고 우리 미래에 관해 이야기하다가 또 입을 맞추고, 또 열정적으로 서로를 탐색했다.

나는 그 무슨 말보다 사랑을 더 원했지만, 야닉이 부드럽게 내 입술 위에 손가락을 갖다 대며 말한다. "네가 너무 그리웠어."

나는 그에게 대답 대신 키스를 퍼붓는다. 그리고 그를 내 쪽으로 끌어당겨 내 다리로 그의 골반을 감싸 안고 그 위에 올라앉는다. "더 원해. 한 번 더 만져줘."

야닉은 나를 자기 쪽으로 끌어당기더니 내 상체에 키스를 퍼붓고,

곧이어 다시 한번 내 안으로 들어온다. 나에게는 이 세상 그 무엇보다 그가 필요했다. 그의 애무에, 나는 쾌감으로 몸을 비튼다. 숨쉬기가 어렵다.

이 기분을 절대 다시 놓치고 싶지 않다.

우리는 그렇게 서로를 휘감은 채 누워 있었다. 나는 순간 벌떡 일어나 야닉의 이마에 키스한다.

그가 부드럽게 웃는다. "너한테 완전히 빠져버렸어. 알고 있어?"

"내가 아침 차려줄 때까지 기다려. 그럼 그땐 진짜 나한테 빠져서 날 다시는 못 떠나게 하고 싶어질걸. 나도 아침을 꽤 잘 차리거든, 알고 있니?" 내가 그의 셔츠를 걸치며 말한다.

"아니야, 내가 할게. 난 아침 차려주는 거 좋아해." 야닉도 뒤이어 침대에서 일어나려고 하지만, 나는 엄한 표정으로 손가락을 들어 올려 그를 제지한다.

"넌 누워 있어! 오늘은 내 차례야." 나는 그에게 경고를 날린 뒤 부엌을 향해 계단을 내려간다.

나는 아래층에 내려와 다시 한번 위층을 올려다본다. 그리고 내 입술에 손을 대고 여전히 남아 있는 그의 감촉을, 내 몸 구석구석에 남아 있는 그의 입맞춤을 다시 한번 느낀다. 따뜻한 전율이 온몸을 훑는다.

나는 부엌으로 터벅터벅 걸어가 냉장고에서 달걀을 찾는다. 불 위에 프라이팬을 막 올리려는 순간, 브뢰첸*을 좀 사 오면 좋겠다는 생각이 든다. 좋은 생각이다. 우리가 아침으로 즐겨 먹던 메뉴니까.

나는 야닉에게 내 계획을 알리기 위해 다시 사다리를 타고 올라간다. 하지만 야닉은 그사이에 깊은 잠에 빠져 있다. 참 평화로운 모습이다. 그래, 내가 갓 구운 따끈따끈한 브뢰첸으로 기쁘게 해줘야지. 이 기회에 카메라도 가져가는 것이 좋겠다. 그래, 그렇게 해야지.

나는 야닉이 깨지 않도록 까치발을 들어 간밤에 잘 마른 내 옷가지를 욕실에서 챙겼다. 카메라 주머니도 잊지 않고 함께 챙겨 밖으로 나온다.

여전히 여러 감정에 휩싸인 채 밖으로 나와 봄 공기를 들이마신다.

나는 이틀 전에 이곳, 나의 도시 뉘른베르크로 돌아와 다시 사랑에 빠졌다. 물론 내가 그렇게 오랜 시간 동안 떠나 있었던 것은 아니지만, 그래도 이곳이 무척 그리웠다.

나는 제발두스 교회에 다다랐을 때 잠시 멈춰 선다. 교회는 여전히 크고 인상 깊은 모습이다. 나만큼이나 이 교회의 모습에 놀라워하는 주변 사람들을 관찰한다. 어떤 이들은 귀에 핸드폰을 댄 채 그냥 바삐 지나갈 뿐이다. 한 공간 안에도 이렇게 많은 사람이, 저마다의 이야기를 지니고, 저마다의 여행 가방을 메고 살아간다.

나의 도시. 내가 이곳에서 경험해보지 못한 것이 아직 남아 있을

* 독일 사람들이 아침으로 즐겨 먹는 동그란 빵

까. 곧 있으면 나는 또다시 이 도시와 작별해야 한다. 영원히. 하지만 이번에 갈 때는 적어도 뉘른베르크의 흔적이 남아 있는 무언가를 가져가고 싶다.

손가락이 근질거린다. 지금 이 순간에는 어제부로 다시 싹튼 사진에 대한 갈망이 더는 두렵지 않다. 나는 잠시 머뭇거리다가 카메라를 꺼내 든다.

한 젊은 남자와 그의 손을 잡고 있는 한 젊은 여자. 웃고 있는 그 둘은 야닉과 나를 떠올리게 한다. 수년 전, 미래가 창창하던 시절의 우리. 그들의 눈빛은 반짝거리고, 나는 그 안에서 깊은 사랑에 빠질 때 자연스레 묻어 나오는 뜨거운 열정을 읽는다.

나는 깊게 숨을 들이쉬고 그 둘을 향해 카메라를 치켜든다. 그리고 행복한 모습으로 서로를 껴안는 둘을 더 가까이 줌 인하여 사진으로 포착한다. 단순히 사진에 대한 두려움을 극복한 것에서 한 걸음 더 발전한 느낌이다. 이 순간이 심지어 행복하게 느껴지고, 갑자기 내 안의 활력이 되살아나는 기분이다. 입가에는 미소가 걸린다.

그 느낌에 끌려 계속해서 걷는다. 나는 다시 한번 성 쪽을 배회하기로 마음먹는다.

알브레히트 뒤러 기념비를 지날 즈음 걸음을 멈춘다. 이곳은 매우 고요하고, 언제나 한결같다는 인상을 주는 공간이다. 야닉과 이곳에서 키스했던 적이 있다. 그것도 여러 번. 나는 들뜬 마음으로 한 중년 여성이 기념비 앞에 서서 진지한 모습으로 올려다보는 그 순간을 사진으로 포착한다. 그녀는 이 공간에 대해 어떤 추억을 가지고 있을까, 어떤 깊은 이야기가 그녀의 마음에 숨어 있을까? 마음 같아서는 그녀에게 다가가 직접 물어보고 싶다.

나는 오래된 상점들, 그리고 비록 오래전에 지어졌지만 새로운 주인을 만나 새단장을 하게 된 집들을 카메라에 담는다.

잠시 후 티어게르트너 광장에 도착한다. 활기가 감돌고, 추억이 가득한 곳이다. 이곳에서 아멜리에를 만났던 일, 야닉과의 약혼을 축하했던 일, 그 외에도 셀 수 없이 많은 나의 삶, 아니 우리 삶의 순간들을 떠올린다. 그중 지금까지 남아 있는 것은 무엇일까? 지금, 이곳, 그리고 반더러 카페에서 카푸치노를 즐기는 손님들, 아니면 이 주변의 게스트하우스에서 식사하고 있는 사람들만이 남아 있다. 그래도 이곳에서는 미래지향적인 분위기가 느껴진다. 매일 새로운 이야기가 쓰이고, 매일 어떤 식으로든 사람들이 결정을 내리기 때문이다. 그것이 좋은 결정이든, 나쁜 결정이든. 매혹적인 향기가 코를 사로잡고, 나는 할 수만 있다면 이 향을 함께 챙겨 가고 싶은 충동을 느낀다. 저기 보이는 알록달록한 사람들의 무리도 같이 챙길 수 있다면 좋겠다.

나는 우리의 도시, 그리고 이곳에 사는 모든 사람의 도시인 뉘른베르크의 모습을 연달아 카메라 프레임 안에 담는다.

이윽고 야닉의 집으로 돌아왔다. 집의 정면을 가만히 보고 있자니 심장이 폭발할 듯이 두근거린다. 이곳은 어떤 이들에게는 단지 풍부

한 햇살이 지붕 위로 내리쬐는, 도심의 수많은 집 중 하나일 것이다. 하지만 실제로는 그보다 훨씬 큰 의미를 담고 있는 공간이다. 이 집은 숨겨져 있던 기억, 소원, 꿈, 간절한 바람의 공간이다. 몇 세기 동안 이곳에 서 있던 집인 동시에, 한때 내가 등지고 떠났던 곳이다.

그제야 나와 마찬가지로 집 앞에 서서 이 집 정면을 세심히 살펴보는 노부인이 눈에 들어온다. 문득 이 주변이 사랑으로 가득 차 있다는 느낌을 받는다. 나는 무언가에 홀린 듯 카메라를 들어 올려 이 순간을 담는다.

이번에는 노부인이 나를 발견하고 내 쪽으로 다가온다. 그녀의 눈빛에는 깊고도, 뭐라 설명할 수 없는 무언가가 있다. "순간을 포착하고 붙잡아둘 수 있다는 게 참 좋아요, 안 그래요?"

내가 고개를 끄덕인다. "맞아요."

"사진을 찍는 순간에는 이건 그저 한 장의 사진일 뿐이라고, 순간을 기록해두는 것뿐이라고 생각하게 되죠. 하지만 실제로는 훨씬 그 이상이에요. 사진은 행복이자 상실이고, 수많은 질문으로 이루어진 대상이죠." 그녀는 깊은숨을 쉬고, 나는 그녀의 손에 들린 사진을 발견한다. "그때 그 순간, 다른 결정을 내렸다면 어떻게 됐을까?" 그녀가 들릴 듯 말듯 중얼거린다. "살면서 스스로 자주 묻게 되는 질문이죠, 안 그래요? 이곳으로 오지 않았다면 어땠을까, 내가 그때 왼쪽, 또는 오른쪽으로 꺾지 않았다면 어땠을까. 내가 그때 그를 떠나지 않았다면 어땠을까? 그래, 그랬다면 어땠을까? 제 말이 무슨 뜻인지 이

해할 수 있겠어요?"

나는 움찔한다. 팔에는 소름이 돋았다. "무슨 말씀이신지 정확히 알아요."

"지난 50년 동안 나는 거의 매일같이 스스로에게 그 질문을 던졌어요. 하지만 그에 대한 답은 죽을 때까지 알 수 없겠죠." 그녀의 눈에는 눈물이 맺힌다. "이 집은 한때 저희 집이었어요, 저와 에이브, 제 남편이었죠." 그녀의 이야기에 가슴 한편이 뭉클해진다. "우리는 한때 우리 앞에 놓인 미래에 큰 희망을 품었던 젊은이들이었죠."

그녀는 다시금 흑백 사진으로 눈을 떨군다. 그리고 나도 함께 그 사진을 바라본다. 그 순간, 사진에 담긴 사람이 누구인지 깨닫는다.

이럴 수가!

큰 충격으로 숨쉬기가 힘들 지경이다. 가운데가 찢긴 그 사진에는 이 집 앞에 서 있는 젊은 알브레히트 할아버지의 모습이 담겨 있다!

"나는 이 남자를 너무나 사랑했고, 우리는 함께 미래를 꿈꿨어요." 나는 그녀의 목소리에서 치유되지 않은 깊은 고통을 감지한다. "이 시절 우리는 너무도 행복했지만, 사고는 모든 것을 바꿔 놓았어요. 우린 아이를 잃었거든요. 그것만으로도 이미 너무도 고통스러운데, 더는 아이를 낳을 수 없다는 선고까지 받았어요."

나는 마른침을 몇 번 삼키다가 노부인의 손을 잡는다.

"그 당시에는 내가 떠남으로써 에이브가 다른 여자를 만나 새로운 가족을 꾸릴 수 있도록 해주는 것이 그를 위해 더 나은 선택이라고 믿었어요. 그는 항상 아이들을 낳고 가족을 꾸리는 것을 원했는데, 나는 그 소원을 이뤄줄 수 없었으니까요. 나는 그저 그가 행복하기를 원했거든요. 그래서 우리의 사랑이 그에겐 가장 큰 행복이라는 사실은 잊어버리고 말았죠."

그녀는 고개를 들어 내 눈을 바라본다.

"정말 유감이에요." 나는 노부인의 손을 힘주어 잡는다. 그때 불현듯 머릿속에 무언가가 떠오른다. 나는 떨리는 손으로 가방에서 알브레히트 할아버지의 편지 속에 담겨 있던 반쪽의 사진을 꺼낸다.

노부인은 그 사진을 보더니 무거운 한숨과 함께 흐느끼기 시작한다. 나조차 눈물짓게 만드는 안쓰러운 흐느낌이 입술 사이로 새어 나오고 있다. 그녀는 그 사진을 조심스럽게 넘겨받아 자신이 가지고 있던 반쪽의 사진에 갖다 댄다. 그 두 장은 완벽하게 들어맞는다.

내 눈앞에서 벌어지는 일이었지만 믿기 어렵다.

"세상에나, 이 사진 어디서 났어요?" 감정에 북받친 그녀가 묻는다. 나 또한 북받쳐 오르는 감정을 겨우 누르며 대답한다.

"할아버지가 주셨어요. 베를린에서 알게 됐거든요. 할아버지는 정말 멋진 분이셨어요."

"멋진 분이셨다고요?"

"네, 돌아가셨거든요."

노부인은 몇 번 가쁘게 숨을 쉬더니 나에게 묻는다. "행복해했나요?"

"네, 할아버지는 여행도 많이 하시고, 인생을 즐기셨어요. 이 사진은 할아버지가 어디를 가시든 항상 지니고 다니셨대요. 평생 할머니만을 사랑하고, 잊지 않으셨어요. 그건 제가 잘 알아요."

노부인의 주름진 볼 위로 눈물방울이 떨어진다. "정말 기적 같은 일이에요. 우리가 이곳에서 이렇게 우연히 만나게 되다니."

나는 고개를 끄덕이며 답한다. "네, 인생은 정말 놀라운 일로 가득한 것 같아요. 사실은 공통점이 하나 더 있어요, 저도 이 집에 지금 살고 있는 남자를 한때 떠났던 적이 있거든요. 우리도 이곳에서 같이 살기로 했었어요. 그리고 저는 이제 다시 그와 함께 남을지, 아니면 떠날지 결정해야 해요."

"눈을 감고 상상해보세요. 5년 후 자신이 어디에서 무엇을 하는지 모습이 떠오르나요?" 노부인이 갑자기 내게 묻는다.

"알브레히트 할아버지도 예전에 할머니께 똑같은 질문을 했었죠?"

"그래요. 그때 나는 내 마음에 반하는 결정을 내렸어요. 그 결정으로 에이브의 행복을 지킬 수 있을 거라 생각했거든요. 그때 난 자신이 5년 후에 어디서 무엇을 하고 있을지 상상하는 대신, 5년 후 에이브가 어떤 모습일지 그려봤어요. 아이들의 재잘거림, 그들의 자그마한 발, 그리고 이 집의 모든 방이 활기로 가득 찬 모습이 떠오르더군요. 내가 충족시켜줄 수 없는 것들이었죠." 그녀는 힘겹게 숨을 쉬었다. "에이브를 행복하게 해주는 여자와 함께 있는 모습이었어요."

노부인의 말이 내 정곡을 찌르고, 마음 속 깊은 곳으로 스며든다.

"아가씨를 만나서 기뻐요. 마음이 하는 소리에 귀를 기울이세요." 그녀는 그렇게 말하고는 절실한 눈빛으로 나를 쳐다보았다. "마음의 소리를 들으세요. 행복했던 순간이 사진으로만 남지 않도록. 이 집은 서로 사랑하는 사람들을 만날 만한… 가치가 있는 공간이에요." 그녀는 들고 있던 반쪽 사진 두 장을 내게 건넨다. "그리고 이거 가지고 가줘요. 그쪽이라면 이 사진을 잘 보관해줄 것 같네요."

그 말에 내가 채 반응하기도 전에, 노부인은 몸을 돌려 지팡이를 짚고 천천히 구도심 쪽으로 향해 걷기 시작한다. 나는 복잡한 감정에 잠긴 채 그곳에 남는다.

그렇게 노부인이 멀어져가는 모습을 바라보고 있는데, 갑자기 핸드폰이 울린다. 가방에서 꺼내 발신자를 확인한다.

알렉스.

마음이 한없이 무거워진다. 비록 그와 사귀는 사이는 아니지만, 나는 이미 알렉스가 나에게 어떤 감정을 품고 있는지, 어떤 미래를 꿈꾸는지 알고 있기 때문이다.

내가 원하는 건 대체 뭘까? 인생이 나에게, 더 정확히 말하자면 야닉과 나에게, 다시 한번 더 기회를 줄까? 우리의 이야기, 이 집, 우리의 사랑에게도?

내 머릿속은 혼란스럽기만 하다. 끔찍하게도 꼭 토할 것만 같은 기분이 든다.

그래, 중요한 건 이거야. 내가 원하는 건 뭐지?

야닉과 함께하는 뉘른베르크에서의 삶인가, 아니면 지난 3년 동안 베를린에서의 삶인가? 내 미래는 어느 쪽일까? 그리고 무엇보다 중요한 건, 누구와 함께일까?

결정의 순간이다. 눈을 감고, 숨을 깊게 들이쉰다. 내면의 눈으로 내 미래를 그려본다. 나를 믿고, 모든 것을 내려놓고, 어떤 규칙도 없이 나 자신만을 바라본다.

나는 무엇을 원하는 거지?

그래, 뭘 원해?

갑자기 보인다. 미래의 한 장면, 그리고 그곳으로 나아가는 길. 깊은 곳에서 강렬한 감정이 끓어오르면서 내 눈앞에 아주 선명한 장면들이 펼쳐지고 내 몸은 그 그림에 꼼짝없이 사로잡힌다.

이제 더 망설임은 없다. 다시 눈을 뜨자, 내가 이미 알고 있던 사실 한 가지가 매우 명확해진다. 내가 속한 곳은 단 한 곳뿐이다, 바로 그의 곁이다.

에필로그

“우리 아가씨들, 이제 왔구나. 어서 들어와.” 문을 열자 야닉의 목소리가 들려온다. 우리 집을 가득 채우고 있는 나무 냄새도 함께 밀려온다.

“응, 우리 왔어. 맛있는 걸 아주 많이 사 왔지.” 내가 답하자 야닉이 장바구니를 받아든다. 내가 사랑하는 남자. 우리 집에서, 우리의 아이들과 날마다 같이 보내도 좋을 내 남자, 야닉이다.

그는 장바구니를 넘겨받으며 내게 가볍게 입 맞춘다. “그거 좋은데.” 그의 코가 부드럽게 내 코를 스친다. 이어서 야닉은 포대기에 싸인 채 주변을 두리번거리는 딸아이 마를레네를 챙긴다.

“아빠, 우리가 아빠가 좋아하는 푸딩 사 왔어요.” 에스더가 야닉의 허리춤에 매달리며 말한다. 야닉은 에스더를 안아 높이 들어 올린다. 에스더는 이제 막 다섯 살이 되었다. 야닉과 같은 암갈색의 머리에, 역시나 그를 닮은 눈웃음이 빛나는 아이다.

“오, 그거 정말 맛있겠는걸. 엄마 따라가서 재밌었어?”

에스더가 신난 목소리로 우리의 나들이에 대해 보고하는 동안, 마를레네는 옆에서 딸꾹질을 시작한다.

"그럼 내가 먹을 걸 좀 준비할게." 나는 야닉이 1년 전에 현관에 설치한 예술작품을 향해 시선을 던지며 말한다. 목재를 깎아 만든 나무 모양의 조명으로, 그 위에는 다섯 개의 별이 빛나고 있다. 별 하나 하나가 우리 가족 한 명 한 명을 상징하는 작품이다.

마를레네가 내 옆에 붙어 있는 상태로 부엌에서 움직이는 동안, 나는 창밖을 바라보며 생각에 잠긴다. 6년 전 베를린에서 이곳으로 돌아와, **내 미래는 어떤 모습일지** 상상해본 이후에 일어난 모든 일을 떠올린다.

그때 상상했던 것들은 지금 이 순간보다 더 아름답지는 않았다. 나는 아직도 내가 눈을 꽉 감은 채로 그의 얼굴을 떠올리던 때를 기억한다. 내 앞에 떠오른 얼굴은 야닉이었다. 나의 빛이자, 어두운 밤인 그의 모습이 떠올랐다. 왜인지는 몰라도, 그는 항상 내가 찾던 안식처이자 빛이었다.

알렉스와 했던 통화도 기억이 난다. 나는 그에게 베를린을 떠나 뉘른베르크로 돌아오겠다고 말했다. 그는 물론 실망했지만, 그럼에도 내가 이사하는 것을 도와주었다. 우리는 오늘날까지도 좋은 친구 사이로 남아 있다. 나는 그가 3년 전부터 사귀기 시작한 여자친구 타냐도 좋아한다.

그동안 우리 부모님과 야닉의 사이도 많이 좋아졌다. 이제 부모님은 야닉이 만들어낸 작품들이 훌륭하다고 생각하신다. 무엇보다, 우리가 함께해야만 하는 사이라는 것을 인정하셨다. 물론 우리의 두 딸도 매우 자랑스러워하신다.

그리고 그때, 야닉이 나를 품에 안았을 때가 떠오른다. 나는 야닉에게 알브레히트 할아버지와 마리 할머니의 이야기를 해주었다. 이 집을 자신들의 삶으로 가득 채웠어야 했을 그 두 분의 이야기를 들려주었을 때, 야닉이 지었던 표정이 떠오른다.

내 시선은 집 안을 맴돌다 두 분의 사진에서 멈춘다. 우리는 그 사진을 아주 특별한 나무 액자에 넣어 놓고, 알브레히트 할아버지의 작별 편지에서 고른 문장도 사진 밑에 적어두었다. **모든 순간을 소중히 여기렴, 그게 네 하늘의 별들이니까.**

마리 할머니가 다른 결정을 내렸다면 그들의 이야기는 어떻게 전개되었을까? 그 결과는 누구도 알 수 없을 것이다. 나는 그저 내가 내 마음의 소리에 귀 기울일 수 있어서 기쁘다는 사실을 알 뿐이다. 그리고 한때 이곳에서 찍혔던 이 한 장의 사진을 통해 마리 할머니와 알브레히트 할아버지도 우리 이야기의 일부가 되었다는 사실을 알 뿐이다. 나에게 일어났던 이 모든 일들은 내게 삶에 대한 경외심을 불러일으킨다. 삶이란 얼마나 놀라운 것인가!

사람들은 종종 타임머신을 가졌으면, 하고 소망한다. 그리고 과거 한순간에 내렸던 선택과는 다른 선택을 내렸다면 지금 어땠을까 스스로 묻곤 한다. 하지만 내가 배운 한 가지는, 시간을 되돌리기 위해서 반드시 타임머신이 필요하지는 않다는 것이다. 사실이 그렇다. 인생은 우리에게 마치 딛고 있던 땅이 꺼져버린 듯한 순간을 던져주기도 한다. 막상 큰일이 닥친 순간에는 그 안에 담긴 의미를 알아차리지 못하기 때문에 그저 시간을 되돌리거나, 그 일들을 일어나지 않은 것으로 만들고 싶은 마음이 간절하다. 그러나 시간이 흐르고 나면 언젠가는 다시 앞을 바라보게 되는 순간이 오고, 그때가 되면 그간의 모든 일들은 하나의 큰 전체가 된다. 한 장의 사진이 단순히 한순간을 붙잡아둔 것이 아니라는 사실을 깨닫는 순간이 온다. 그보다 훨씬 큰 의미, 즉 과거이자 현재, 그리고 미래라는 사실, 천 가지의 길 그리고 천 가지의 가능성이라는 사실을 알게 되는 순간이 온다.

스텔라를 잃은 사고는 끔찍했지만, 그 사고로 인해 나는 길을 떠나게 되었고, 결국엔 새로운 길을 찾게 되었다. 스텔라는 여전히 우리의 마음속에서 우리와 함께하고 있다. 지평선을 수놓는 수천 개의 빛나는 순간들과 함께 우리의 삶과 우리가 가는 길을 밝혀주고 있다. 밝기도 하고, 어둡기도 한, 인생에서 맞이하는 모든 순간들을….

그렇다, 인생은 하늘과 같고, 별이 뜨지 않는 하늘은 없다.

이 이야기는 여기서 끝나지만, 우리의 이야기는 여기서부터 시작이다.

번역: 박은결

한국외국어대학교 통번역대학원 한독과를 졸업하고 프리랜서 통·번역가로 활동 중이다. 번역에이전시 엔터스코리아에서 출판기획 및 전문 번역가로 활동하고 있다.

「이 도서의 국립중앙도서관 출판예정도서목록(CIP)은
서지정보유통지원시스템 홈페이지(http://seoji.nl.go.kr)와
국가자료공동목록시스템(http://www.nl.go.kr/kolisnet)에서 이용하실 수 있습니다.
(CIP제어번호: CIP2019014752)」